© 2018 Noboru Kannatuki
7
哥布林殺手
GOBLIN SLAYER!
He does not let anyone roll the dice.

「原來如此。那就是，大象嗎？」
「才不是！」
© 2018 Noboru Kannatuki

團隊繼續往前邁進——不。
或許應該說，
他們終於被逼退到
高塔天臺的邊緣。
© 2018 Noboru Kannatuki

Contents

GOBLIN SLAYER!
He does not let anyone roll the dice.

7
蝸牛くも
Kumo Kagyu
插畫／神奈月昇
哥布林殺手
GOBLIN SLAYER!
He does not let anyone roll the dice.

哥布林殺手

人物介紹

CHARACTER PROFILE

女神官 Priestess

與哥布林殺手組隊的少女。因心地善良，常被哥布林殺手魯莽的行動耍得團團轉。

哥布林殺手 Goblin Slayer

在邊境小鎮活動的怪人冒險者。單靠討伐哥布林就升上銀等（位列第三階）的罕見存在。

櫃檯小姐 Guild Girl

在冒險者公會工作的女性。總是被率先擊退哥布林的哥布林殺手所助。

——無論何時，對她而言最重要的，都是天氣、家畜、農作物，還有他。

牧牛妹 Cow Girl

在哥布林殺手所寄宿的牧場工作的少女。也是哥布林殺手的青梅竹馬。

——無知的人才有福。因為知道就是極致的喜悅。『妖精格言』

妖精弓手 High Elf Archer

與哥布林殺手一起冒險的妖精少女。擔任獵兵（Ranger）職務的神射手。

「鍛鍊自己，揮刀屠戮。會出血的就不是敵手。」——鋼的祕密之一端

重戰士 Heavy Warrior

隸屬於邊境之鎮冒險者公會的銀等級冒險者。和女騎士等人一同組成邊境最棒的團隊。

——龍是不會逃避的。

蜥蜴僧侶 Lizard Priest

與哥布林殺手一起冒險的蜥蜴人僧侶。

——無論寶石還是金屬，琢磨前都是石塊。這世上沒有一個礦人，會用外表來判斷事物。

礦人道士 Dwarf Shaman

與哥布林殺手一起冒險的礦人術師。

「愛並非對望，而是並肩望向同一個去處。」——某位詩人

劍之聖女 Sword Maiden

水之都的至高神神殿大主教，同時也是過去和魔神王一戰的金等級冒險者。

我不想讓值得尊敬的敵手，變成明天的朋友。至少今天還不行。

長槍手 Lancer

隸屬邊境小鎮冒險者公會的銀等級冒險者。

——神祕與愛，愈透過舌尖編織就愈鬆散，更不用說是女性之美了。

魔女 Sorceress

隸屬邊境小鎮冒險者公會的銀等級冒險者。

愛是命運　命運即死
哪怕為少女效勞的騎士　遲早會落入死亡深淵
就連以空龍為友的王子　也將留下心上人而逝
倘若愛上聖女的傭兵　壯志未酬即葬身沙場
那麼愛上巫女的國王　亦改變不了別離之時
英勇事蹟的落幕　並非人生尾聲　因此
這場名為活著的冒險　將持續到命數終止
是戀是愛　孰生孰死
豈能輕言擺脫？　然而
這又有何可懼？
愛是命運　命運即死

第1章

『給她的邀請函（Handout）』

「好像是要結婚了。」

妖精弓手（Elf）大幅度搖動長耳朵，說得事不關己。

午後陽光從窗戶射進，孕育出一股要將人慢慢煮熟似的熱氣。

夏天。

天氣好得讓任何人都不想出外冒險。

若不是要掙口飯吃，又有誰會偏偏挑這種大熱天出外呢？

然而待在酒館裡卻也相當不輕鬆。

姑且裝出一副冒險者模樣而全副武裝的人，至少數十名。

這令人反胃的人潮和殘酷的陽光，到底何者算好受，是個令人煩惱的問題。

慵懶的熱氣會把點來的飲料弄溫，但為了省錢，又只能小口小口地喝。

就在這每個人都懶洋洋、一點都不想動的當下——

「好喔～失禮失禮，我來送郵件了！」

一名額頭冒汗的冒險者，脅下夾著行李衝進了公會。

沒什麼稀奇的。協助快遞郵件，是冒險者常見的差事。

在櫃檯請櫃檯小姐簽名的冒險者，急急忙忙跑進等候室。

每個人拿到的信件各不相同。

「呃！要扣押……真的假的，饒了我吧……」

「還不是因為你不惜借錢也要買裝備？傻瓜。」

「呵呵。我妹似乎生了孩子，等下次冒險結束可得去見上一面啊。」

「嗚哇、別說了，每次都是從講過這種臺詞的人開始死起你知道嗎!?」

「……喔，都城方面的指名委託嗎。也好，看起來還不賴。」

「那就是，要冒險（約會）……囉？好像，很久，沒出遠門了。」

催繳借款、來自故鄉的音訊、緊急委託等等。

五花八門的通知漫天交錯下，眾人會漏聽妖精弓手這句話，多半是因為熱昏頭了吧。

妖精弓手收到的，是名副其實的葉書。（註1）

她把用流利筆觸寫在草葉上的森人語又看了一遍，點頭嗯了一聲。

註1　「明信片」日文漢字寫作「葉書」。

「好像要結婚了。」

妖精弓手大幅度搖動長耳朵，說得事不關己。

「————」

眾人面面相覷，經過一瞬間的沉默，才理解聽進耳裡的話到底意味著什麼。

緩緩投下的炸彈，讓冒險者公會的酒館一下子吵鬧起來。

「噗！」礦人(Dwarf)道士嗆到而噴出酒來，「喔？」蜥蜴(Lizardman)僧侶興味盎然地伸出舌頭。

「什麼？」櫃檯小姐反問，「喔喔」她身旁的監督官眼神發亮。

「妳說啥!?」女騎士站起，「喂……」重戰士以死心的表情拉扯她的袖子。

見習聖女撇開臉、不看新手戰士，但顯然正仔細聽著。

「哇、哇！」女神官手按住嘴，臉頰泛紅，眼神發亮。就在這樣的氣氛下——

「是嗎。」哥布林殺手一如往常，淡淡說出這句話。

「跟誰。」

「我表哥。」

妖精弓手也答得若無其事，笑著搖搖手。

「真的嚇人一跳呢。我根本沒想到會這樣，畢竟他的個性那麼頑固。」

「唔。」哥布林殺手點點頭。「那麼——……」

「恭喜妳！」

女神官似乎感動不已，整張臉顯露出花朵綻放般的燦笑，從桌上探出上半身。她雙手合十、喜孜孜的神情裡，透出了由衷的祝福。

「那個，森人們也會辦結婚典禮嗎？如果不介意——」

「當然會囉！好歹是族長的氏族，會辦得很盛大。妳一定要來！」

「真是……」

礦人道士側臉看著兩名少女手牽手熱鬧嬉笑。

這時他總算擦去噴出來的酒，擰了擰鬍鬚，又重新添滿一杯喝了起來。

「那丫頭竟然會是族長的女兒，老讓我覺得森人早晚要滅種啦。」

「哈哈哈哈哈——」

蜥蜴僧侶聽了，愉悅地用尾巴拍打地板。

「沒什麼，長者看年輕一輩難免這麼想。」

「記得我年紀比她小才對。」

就不知道兩千歲結婚，在森人之中算早還是晚。

礦人道士沉吟著無法判斷，蜥蜴僧侶則依依不捨地咬著乳酪。

「不過這樣一來，我等也就不得不和獵兵小姐道別了。還真是落寞吶。」

「？為什麼我要跟你們道別？」

「唔。但，至少應該會變得忙碌許多？」

「就算要生產還是養小孩，大概都還得再等個兩、三百年吧。」

結婚才一、二十年就生孩子，也太不檢點了——妖精弓手嘟起嘴脣這麼說。

所聽見的時間規模超乎自己想像，令蜥蜴僧侶感觸頗深地開口：

「哎呀，森人所刻畫的時光實在壯闊。」

「因為我們近乎不死（Immortal）嘛。蜥蜴人（Lizardman）不一樣嗎？」

「雖然僅限王子須一卵相傳，但規範就是要增產、求生、殺敵、死去。」

「循環（Circle）很重要呢。」

妖精弓手豎起細長的食指，在空中劃圈。

在這方面，相信以自然為尊的森人與蜥蜴人之間，有其共通之處。

縱使存在好不好戰、不死（Immortal）或定命（Mortal）的差別，生死同樣持續更迭。

「這樣啊……」

女神官不得要領，忍不住喃喃自語。

魂魄會回歸鎮守天上的諸神座下，得到各種形式的安息。

即便有時會再度被放到盤上，與自然的循環仍似是而非。

「可是，」女神官微微歪頭，道出疑問。

「做丈夫的，會願意讓妻子婚後也繼續外出、從事危險的活動嗎？」

「唉唷，我表哥哪可能答應？」

妖精弓手笑著連連搖手。

「畢竟他痴情到連旁人都一目了然嘛。為人明明正經八百又頑固得很……不，就是太過死腦筋才這樣吧。」

「呃……？」

對話總是有些地方搭不上。女神官以食指按住嘴脣，發出「唔嗯～」的沉吟聲。

——該說是不對勁，還是有什麼誤會，總覺得——就是有哪裡歪掉了的感覺……？

「所以。」

哥布林殺手接起先前被打斷的對話，妖精弓手眨了眨眼。

「是誰要結婚。」

「咦？我姊——」

「早說啊妳這鐵砧女！」

「呀!?」

妖精弓手正瞪大雙眼，下一秒就長耳倒豎地跳了起來。

她眼眶含淚按住臀部，瞪著剛才狠狠在她屁股上拍了一記的礦人道士。

「欸，你做什麼啦!?」

「既然是鐵砧，被敲個一下就不會忍忍嗎！」

「好過分！」

上森人少女把威嚴云云都拋諸腦後，眼睛上揚成倒三角形。

「所以我才討厭礦人！你這個……啤酒桶。」

「我之前就說過了，這叫體格好！」

吵吵鬧鬧。對他們兩人轉眼間又開始的這種一如往常的對話，女神官也已經司空見慣。

她雙手捧起杯子，小口小口喝著已經變得一點都不冰涼的檸檬水。

「不過這樣一來，我們就得去叨擾……可得準備個伴手禮才行呢。」

「是嗎。」

哥布林殺手點點頭。

他雙手抱胸沉默了好一會兒，隨後低聲沉吟、非常為難似的說道：

「我……」

「不可以。」

女神官以笑容果斷拋出這句話。

她筆直指向把話吞回去的哥布林殺手：

「難得受邀參加人家的喜事，不可以不去。」

「妳說的——」哥布林殺手講到一半先頓了頓，「或許沒錯。」

「我們就去拜託櫃檯小姐，請她把剿滅哥布林的委託轉給其他人吧。」

「唔。」

簡直有如聖壁（Protection）。

那盈盈笑容，正彷彿並非出於她本意卻最為拿手的神蹟，封堵住了所有攻擊。

見哥布林殺手咕噥一聲不再開口，蜥蜴僧侶轉了轉眼珠子。

——想必是拜櫃檯小姐和牧場姑娘兩位的薰陶所賜啊。

「呵呵呵。那麼貧僧和術師兄，就負責去張羅伴手禮吧。」

蜥蜴僧侶以莊嚴的手勢賣了個關子，一邊以奇妙的動作合掌。

「不過神官小姐，還真是變得強韌許多呢。」

「那當然！」

女神官得意地用力挺起她平坦的胸部。

「我可是承蒙哥布林殺手先生磨練過的！」

§

話說回來。

身為公會職員，無論何時都要保持平靜——這是耳熟能詳的說法。
畢竟每當冒險者整裝出發，首先就要靠他／她們傳達情報。
而當委託人陷入困境，最先找上的也是他／她們。
若是亂了方寸或慵懶無心，根本連談都不用談。
制服沒有一絲皺摺，襯衫燙得漿挺，再化上淡得不著痕跡的妝。
遑論頭髮睡翹或打呵欠等醜態。既然身為公務員，就應該各自負起代表國家的責任。
「……話雖如此，會熱就是會熱嘛。」
櫃檯小姐啊哈哈哈笑了幾聲，倒了紅茶給哥布林殺手等人。
隔成數區的櫃檯上，排出的玻璃杯有一、二、三、四個。
哥布林殺手被妖精弓手與女神官左右包夾著，拉了過來。
最後櫃檯小姐在自己面前也放了一只玻璃杯，拄著臉頰，深深呼出一口氣。
「不過，要辦婚禮呀。好好喔……」
「真的。」
妖精弓手也一臉深明此理似的表情，正經八百地點頭。
「姊姊總算來得及嫁出去，真是太好了。」
「方不方便請問令姊幾歲？」

「呃呃……」妖精弓手掐指數著，搖了搖頭。「八千多一點吧。」

櫃檯小姐猜到這多出來的「一點」八成是三位數，發出苦笑。

「聽著各位森人的情形，真的會覺得在意年紀實在很傻呢。」

接著嘆了口氣。受不了，講這種自掘墳墓的話也不是辦法。

女神官含糊地吐出「不過」、「那個」之類的發語詞，但她也才剛滿十六歲。

雖說是神職人員，該如何與比自己年長的人交談，對她而言仍是個難題。

至少就她來看，實在不覺得櫃檯小姐的模樣有需要在意年紀。

「……況且妳很漂亮。應該不用那麼在意吧……？」

「呵呵。謝謝您。」

到頭來只說出這句不痛不癢的讚美，櫃檯小姐聽完回以微笑。

妖精弓手逍遙地揮了揮手，喝了一口玻璃杯裡的紅茶。

「沒錯沒錯。拿龍或大象來跟老鼠比歲數，也沒有意義吧？就是這麼回事。」

「大象。」

哥布林殺手忽然抬起頭，頭盔往旁一歪。

「是？」

「……你不知道？」

妖精弓手得意地搖動長耳朵，哼哼兩聲。

她攤開雙手，在空中比劃出某種神祕生物的輪廓。

「是一種腳像柱、尾像繩、耳像扇、軀幹像牆、齒像槍、背像王座，鼻像樹藤的巨獸。」

「……巨獸。」

「啊，顏色是灰色。」

「完全搞不懂。」

哥布林殺手沉吟起來，大口喝起紅茶。

櫃檯小姐露出無比開心的表情望著他，呵呵笑了幾聲。

「有機會的話，我再拿怪物手冊裡的『Elephant』給您看。那麼……」

櫃檯小姐的視線就像水一般流動，翻了翻手上的文件進行確認。

「各位的意思……是希望將剿滅哥布林的委託分出去？」

「是的。因為我們想帶哥布林殺手先生去。」

女神官若無其事，宛如花開的燦爛笑容也毫不動搖。

「我沒說不想去。」

哥布林殺手把喝完的杯子，喀啦一聲放到桌上。

「只是沒打算放著哥布林不管。」

「是是，你說得對……」

他的口氣還是一樣淡然而果斷。櫃檯小姐臉頰悄悄一鬆。

有人將這點看作古怪，也有人認為是可靠的象徵。不用說也知道，她屬於後者。

「初春到夏季的哥布林尤其棘手。或許是因為等得不耐煩了。」

「說起來，有哥布林不棘手的季節嗎？」

「……唔。」

妖精弓手的吐槽，讓哥布林殺手雙手抱胸低喃。

櫃檯小姐愉悅地旁觀他們兩人互動，用一句「話雖如此，」輕聲開口。

「夏天倒是沒那麼多呢，剿滅哥布林的委託。」

「是這樣嗎？」

女神官瞪大眼睛。櫃檯小姐點點頭回答：「對呀。」

——雖然只限委託。

櫃檯小姐並未對女神官進一步說明，無意義地翻動文件。

他們帶著婚禮的邀約而來，在這場合聊起別人的末路，應該是很失禮的事。

夏天——這也就表示，對哥布林而言並非秋天。

田地裡還留著綠油油的麥穗，當然尚未收割。

即使那些小鬼再怎麼渴望糧食，攻擊村莊能得到的東西也很少。

因此他們盯上的，就會是旅行者、進行放牧或游牧的牧農或藥草師。

相較之下，這些哥布林的狀況又如何呢？

春天姑且不論，一旦進入夏季，雨水就會變多，惱人的陽光也會變強，地洞住起來十分難受。

雖然不覺得這些哥布林會在意居住環境，但他們永遠找得到事情遷怒。

只要生氣的理由增加，凶暴程度當然也會變強。

夏天，在大道或曠野上受到哥布林襲擊的旅行者，下場十分悲慘。

這些小鬼大多沒有儲存食物的智慧，但即使儲存起來，也很快就會腐敗。

因此在玩弄俘虜、消磨時間之餘，應該也不會考慮什麼後路，能吃多少就吃多少。

無論男女，最終都將屍骨無存。

——就連這點也是常有的事。話是這麼說沒錯……

事實上旅行者失去音訊，既非只有夏天才會發生的情形，也並不稀奇。

畢竟餓著肚子的，不是只有哥布林與不祈禱者(Non-Prayer)。

山賊、盜賊，淪為土匪的傭兵集團等等，族繁不及備載。

說穿了，這四方世界裡危機四伏。

也有人以此批評王與國政，不過這是因為他們不清楚歷史。

有史以來，至今仍未出現過不存在絲毫風險的時代。

而資源(Resource)永遠有限。

就櫃檯小姐所知，現任國王做得很好……她是這麼認為。

既不會無謂發動戰事，面對魔神殘黨的威脅，也穩穩守住了國家。

——至少當下還是和平的嘛。

雖說多半只是處於戰亂與戰亂的夾縫間。

若要再次重申，還是那句「資源有限，而危險無窮」。

只因旅行者下落不明，便有人來委託公會調查，這樣的情形也很罕見。

畢竟要是沒發現有誰失去了消息，事件根本無從開始。

即使有人發現，如果不來委託，冒險者公會也無法展開調查。

很遺憾的，這也是冒險者公會的缺點。

因此冒險者會採取行動，若非旅行者的親友跑來委託，就是……

——那位冒險者是個濫好人，吧。

「但哥布林會出現這點仍舊沒變。」

哥布林殺手顯得毫不在意櫃檯小姐內心種種思緒，說出這句話。

「可是，」

女神官以單純提出疑問似的態度，將他的異議一刀兩斷。

「也沒有說你一個人就能全部解決，或非得一個人做不可吧？」

「……」

哥布林殺手不說話了。

都看著他好幾年了，櫃檯小姐也明白這是他極度為難時會有的習慣。

——某方面來說，他這個人真的很好懂呢。

櫃檯小姐忍不住嘻嘻一笑，哥布林殺手的鐵盔轉向她。

她輕輕搖手示意沒什麼，頓了一頓：

「其實站在我們的立場，也不能全都交給哥布林殺手先生一個人。」

「嗯，就是這麼回事。所以……」

咳咳，女神官以惹人憐愛的模樣清了清嗓子。

「能拜託妳嗎？」

「好的，沒問題喔。因為如果放著不管，這個人都不知道要休息。」

「妳也一樣吧？」

忽然被人從背後往腦袋上一拍，櫃檯小姐忍不住叫了聲：「好痛！」

不知不覺間，坐在隔壁的同事——手上拿著文件夾的監督官早已站在她背後。

監督官「唉」地刻意嘆了口氣，接著拿文件夾輕拍自己的肩膀。

「妳上一次完整休假，已經是多久前的事了？」

「我、我都有好好休息呀……？」

櫃檯小姐按住頭仰望同事臉色，無力地反駁。

監督官見狀，一副拿她沒轍似的再度嘆氣。

「那妳應該也會參加婚禮吧。她不就是來邀妳的嗎？」

此話一出口，妖精弓手立刻以不容櫃檯小姐推辭的速度探出上半身。

「當然囉！」她用力點頭，毫不遲疑地斷言：「我們是朋友嘛！」

眼看妖精弓手滿臉喜色，櫃檯小姐以無話可說的曖昧表情搔了搔臉頰。

她用指尖一圈又一圈地繞著辮子玩。她知道這樣有點沒規矩。

「不、不了，我很感謝您的好意，可是……」

——不對，要是現在說不去的話——

妖精弓手自不用提，對女神官和哥布林殺手不也很過意不去嗎？

雖然往那頂鐵盔一瞥，還是一樣看不出裡頭的表情。

「就叫妳休假了。」

「啊嗚！」

又是一記文件夾。

監督官側眼看著櫃檯小姐在一旁痛得嗚嗚叫，把職員的微笑貼到臉上。

「那麼，呃、哥布林殺手先生？」

「什麼事。」

櫃檯小姐「啊」地驚呼一聲，但監督官不理，將文件從她手上抽走。

她翻了翻，果然裡頭夾著幾張才剛送到的剿滅哥布林委託。

「所以兩位都只需要把眼前堆著的工作收個尾就好……」

監督官把這些文件捲成一綑，弄得像卷軸似的遞給哥布林殺手。

「為了讓她能放心休假，可以麻煩您去清理兩、三個哥布林的巢穴嗎？」

「當然。」

問都不用問。他毫不遲疑，以充滿決斷力的動作接過委託書。

接著默默攤開查看記述，對酬勞之類的看也不看一眼，重要的是情報。是小鬼的戰力。

「可以嗎？」

過了一會兒，他低聲詢問，妖精弓手便深深皺眉、無力地垂下長耳朵。

「……我是不曉得礦人他們怎麼想，但這種時候我哪說得出不去嘛？」

「不來也無所謂。」

「我說你喔，哥布林殺手先生。」

女神官蹙起形狀漂亮的眉毛，轉身面向哥布林殺手。

以前我也說過好幾次——她埋怨著豎起白皙的手指：

「不給人家選項，就不叫作商量喔？」

§

「咿嘰、呀啊啊啊啊啊啊啊!?」

彷彿被勒住脖子的雞一樣悲慘的女子尖叫聲，迴盪在染上黃昏血色的禮拜堂內。

雖說被一擁而上，但能夠擠到一名女子身上的小鬼數量終究有限。

即使體型矮小並把雙手、嘴巴與頭髮都算在內，一次頂多五六隻就是極限了。

然而此刻，被綁在祭壇上的女子身旁，聚集的小鬼數量卻遠超過十隻。

女子不但被奪去貞操，還隻身承受小鬼們殘忍的欲望，只有悲哀二字可以形容。

這名慘遭蹂躪、讓渾濁的尖叫聲響徹禮拜堂的女子，穿著破爛的旅人裝束。

從這些哥布林身體間微微可見的手腳都晒得很黑，經過一定的鍛鍊。

她是旅行者——在這間祭祀知識神的小小書庫過夜的旅行者。

如今她旅行的目的，以及在這座書庫借宿的理由，都已無從得知。

本應是知識寶庫的書庫，早就不成原形。

由一群因為各式各樣的苦衷而離家的少女們所儲存下來的知識，已經遭到蹂躪。

記載了寶貴知識的書畫被小鬼們撕破、弄髒，或是隨手拿去焚燒。

空了的書庫裡，地上躺著許多遭受作夢也想不到的凌辱，導致精神崩潰的女修道士。

先前被迫眼睜睜看著這些慘況的旅行者，對哥布林而言是個活蹦亂跳的獵物。

也不知道她是想保護女修道士，或自己逃走——哥布林認定是後者。

然而若要還她清白，這位旅行者當時是奮不顧身、勇敢地揮劍戰鬥。

雖然也只戰鬥到她被包圍、拉倒、圍毆，手臂被折斷為止。

她殺了好幾隻哥布林，已經被他們接連報復好幾天之久。

之所以把她留到最後，是為了欣賞她目睹女修道士的末路而害怕的模樣。

這些哥布林想都沒想過這名女旅行者會逃——不。

他們只是掉以輕心，心想她不可能逃得掉。

哥布林這種生物，明明沒有根據，卻往往自信過剩。

他們確信自己做的事情絕不可能失敗。

若是萬一真的發生了什麼閃失——……

「GOORRIRRROG！」

「咿嘰！啊嘎、嘎、嗚！不、行啦……!?」

想也知道一定是像這樣，有群笨蛋跑來礙事。

看在這些哥布林眼裡，會覺得聚集在這間小小書庫裡的人，全都是笨蛋。

儲存這麼多莫名其妙又沒意思的東西，食物只有一點點。

這些小鬼大肆嘲笑，說凡人(Hume)就愛搞這些莫名其妙的東西。

相信他們根本無從得知這座書庫所蘊含的意義。

知識與智慧由世俗而生，但不能受世俗汙染。

這座書庫之所以會靜靜座落在離大道有點距離的森林中，就是出於這項信仰。

並非因為書庫小，對怪物或土匪就不加防範。

這裡有石造的牆壁，也曾讓旅途中的冒險者或傭兵留宿。

但長年暴露在風雨下的牆壁產生部分崩塌，這樣的情形也是有的。

只有一名旅客住下來的情形，也是有的。

所以才被哥布林盯上？

為什麼會遭到哥布林襲擊？

這些問題即使問了，相信知識神也永遠不會引導她們得到答案。

哥布林就像一種天災，來得神出鬼沒。

就只是碰巧發生在此時此地罷了。

「嘔咕啊啊啊啊啊啊啊!?」

如今已然化作饗宴會場的書庫——知識神禮拜堂的角落。

一隻哥布林一邊享受著淪為貢品的女子發出的哀號，在禮拜堂的角落拄著臉頰。

把她玩個夠之後，是該留下來當孕母，還是趕快當成飯菜吃掉呢？

那女的十之八九會變成飯菜吧。哥布林這麼想。

畢竟也需要有東西來餵其他孕母，而且不能殺她就覺得無聊，不痛快。

「嘰呀啊啊啊啊啊啊啊啊啊啊!?」

尖銳而渾濁的尖叫。似乎是有哪個傢伙太急躁，把柴刀往她已經折斷的手臂揮了下去。

「GROB！GOOROORB！」

「GOORROB！」

禮拜堂裡迴盪著這傢伙被推了一把而大聲狡辯，以及其他哥布林嘲笑女子狼狽模樣的笑聲。

這樣不行。

死掉的女人也多得是方法可以玩，但活的只有現在玩得到。

哥布林舔了舔嘴唇，用塞在他頭蓋骨裡的小小腦袋認真思索。

得想個好辦法插隊，趁女人還活著的時候輪到才行。

女子自不在話下，被插隊的同胞，對小鬼而言想必也根本不用去管。

他們姑且具備連帶意識，也認為彼此是同伴，但無論什麼時候，哥布林永遠以自己為優先。

如何讓自己獲利、輕鬆、站上對的立場，殺死不好的——看不順眼的傢伙。

能夠打著報同伴被殺之仇的名分，享用女人到她斷氣為止，實在沒什麼好挑剔。

「GROOROB！」

「GRO！GOORB！」

這隻哥布林隨便挑了隻同胞，便衝上去嚷嚷著找碴。

我都站過哨了，所以你們也應該去站。

沒站哨的傢伙在享受，這樣太詐了。卑鄙無恥。

這隻哥布林以對自己有利的思考回路朝一名大意的同胞訓話，擠開了他。

「咿！啊嘎、咿咿!?不，已經、要……死……」

「GROB！GOOROBB！」

小鬼不理會同胞與可憐女子的抗議，他是如何殘忍地玩弄她則按下不表。

重要的是他們**沒能察覺不對勁**。

「GRRRR……」

暗處伸出一隻手臂，伸向被擠開而抱怨的哥布林。

手臂的動作無聲到了反常的地步，像條蛇似的繞上小鬼頸部，將他拽倒。

「──B……!?」

接著這隻哥布林還來不及嚷嚷出事了，喉嚨已經被小刀割開。

咕嚕咕嚕噴出血沫而無法呼吸的小鬼嘴巴被按住，花了幾秒鐘才斷氣。

手臂的主人隨手將小鬼的屍骨甩到長椅後頭，朝黑影深處揮了揮。

一名披掛髒汙皮甲、廉價鐵盔，腰間掛著一把不長不短的劍，手上綁著一面小圓盾的男子。

是哥布林殺手。

在他的招呼下，先是蜥蜴僧侶甩動尾巴走了過來。

他身後跟著妖精弓手、女神官，以及礦人道士。每個人都一樣，不但沒有腳步聲，連衣物摩擦聲都未曾發出。

理由只有一個──那就是這名雙手牢牢握住錫杖，閉上眼睛祈禱的少女。

「『慈悲為懷的地母神啊，請賜予靜謐，包容我等萬物』。」

女神官用「沉默（Silent）」神蹟所帶來的寂靜。

先前才解決完好幾隻哥布林，讓她的聖袍已經滿是黑褐色髒汙。

但女神官顯得毫不在意，每次都跪下來逐一為他們獻上祈禱。

正因為她的信仰如此堅定，冒險者們才能受到靜謐保護……

相較之下，妖精弓手則「嘔嘔嘔」地呻吟著，露出泫然欲泣的表情。

即使用了香包，小鬼的排泄物與膽汁仍折磨著她敏銳的知覺。

畢竟實在無法避免這些飛濺的汁液弄髒衣服，而且氣味也會沾上去。

——為什麼天神就只能去除聲響呢？

如果能把臭味或汙垢也除掉就好了。

妖精弓手眼眶含淚，怨懟地看向禮拜堂裡祭祀的神像。

觀察星辰動向，記載到書籍上的智慧者之偶。

神像當然不會回答妖精弓手任性的問題。

——我們可是替祢拯救了信徒，好歹給點恩惠吧。

這樣算是不敬嗎？妖精弓手長耳朵一震，舉起赤柏松木大弓，搭上箭矢。

冒險者團隊（Party）輕而易舉地完成了入侵禮拜堂的行動。

敵人的數量是二十多隻哥布林。他們正忙著享受，沒有理由放過這個良機。

哥布林殺手等人相視點頭，迅速打了信號。

「——」

「——」

首先行動的是礦人道士。
礦人道士才剛把腰間的火酒含進嘴裡，立刻用力噴出酒液。
飛沫當場散為一股霧氣，開始搖曳著淹沒禮拜堂。
「『喝吧歌唱吧酒的精靈（Spirit），讓人作個唱歌跳舞睡覺喝酒的好夢吧』。」
小鬼陷入「酩酊（Drunk）」而身體一歪，哥布林殺手立刻衝了出去。
他跳過長椅，在石板上飛奔，拔出腰間的劍擲去。
劍無聲劃過半空，穿出「沉默（Silent）」神蹟的範圍外，立刻發出破風聲。
即使這些小鬼再怎麼笨，相信還是發現了這種異狀。
「GOOROB！GOROOOOB！」
「GRRORB！」
其中幾隻伸手去指，發出叫聲，但已經太遲了。
就不知這隻正在扭腰的哥布林，是否能察覺從自己後腦貫入口中的物體，到底是什麼東西？
小鬼的延髓被徹底破壞，口吐白沫，有著髒汙金黃色瞳孔的眼睛翻白。
「GOOROOROOOB!?」
「──。」
哥布林殺手衝進去之際，以圓盾砸向近處的一隻。

他從腳步踉蹌的小鬼腰間抽出半月刀，跨前一步，刺穿小鬼的咽喉。

「二。」

一邊舉盾擋開飛濺的髒血一邊退刀，這隻壓在女子身上的小鬼就當場癱軟。

「……還活著吧。」

哥布林殺手朝被壓在屍體下面，沾到鮮血而頻頻打顫的女子瞥了一眼。

小鬼的手法不出所料。一旦遭俘的女子被他們拿來當盾牌，到時就只有麻煩可形容。

然而女子這種痙攣似的動作，應該是因為疼痛與出血吧。

她還活著，但不會太久。一如往常，沒有時間。

哥布林殺手毫不大意，瞪著朝他們這些闖入者露出敵意的哥布林。

「動作快！」

「那麼，上場囉……！」

「好、好的！」

蜥蜴僧侶立刻輕易地扛起女神官，腳爪咬進石板地面，開始飛奔。

他的姿勢前傾得非凡人（Hume）所能為，但甩動的長尾巴讓他得以維持平衡。

「GOROOOB！GROBB！」

「GGOOORB！」

這些哥布林當然不會放過。
即使頭昏眼花，意識朦朧，一旦看到目標是女人或小孩，就不會手下留情。
何況飛奔的蜥蜴人雙手抱著女神官，已經騰不出手來。
「咿呀呀呀啊啊啊啊——！」
「GOOROOB!?」
但哪怕雙手沒空，只要有強韌的爪子與牙齒，又會有什麼問題呢？
所謂龍，就是不用武器才叫龍。
「GROOB!?」
「GOBORB!?」
有句格言叫「別去招惹龍（Dragon）」，這些小鬼肯定沒聽過。
尾巴與腳爪分頭重擊在哥布林身上，紮紮實實地擊潰了小鬼集團。
雖然並未形成致命一擊，卻也足以將女神官送上祭壇。
「貧僧擔任前鋒可以吧。」
「拜託了。」
哥布林殺手簡短地答話，同時放開了砍進小鬼頭蓋骨的半月刀。
「GROBB……!?」
接著從軟倒的哥布林手中搶走簡陋的棍棒。要粗暴使用很夠了。

「那麼神官小姐，這邊就交給妳。」

「好的，麻煩你了！」

蜥蜴僧侶輕鬆放下女神官，一邊用尾巴牽制小鬼，一邊以奇怪的手勢合掌。

「『伶盜龍的鉤翼呀，撕裂、飛天，完成狩獵吧』！」

蜥蜴僧侶掌中的牙轉眼就研磨成「龍牙刀（Sharp Claw）」，隨即大吼一聲。

「咿咿咿咿呀啊啊啊啊——！！！！」

「GOORBGG！？！？」

他雖是僧侶，卻是武僧，屬於神官戰士的一種。換作不同種族，多半早已成為名滿天下的聖騎士。

他和犀利、快速而且準確攻擊要害的哥布林殺手形成鮮明對比，豪邁地大殺四方。

被女修道士的血與這些小鬼的汙物玷汙過的禮拜堂裡，掀起了骯髒小鬼們噴出的腥風血雨。

「……好！」

另一頭的女神官，也雙手握住錫杖，堅毅地點點頭，重新正視自己的戰場。

她毫不介意鮮血與髒汙，在吁吁作響喘著氣的女子身旁單膝跪地。

眼前的狀況實在太悽慘。她把從胃裡上衝的種種，和著情緒一起吞了下去。

——不管看多少次，都沒辦法習慣……可是。

她強烈地想著，不可以習慣。而每次經歷這種場面，都在在磨練著她的信仰。

「『慈悲為懷的地母神呀，請以您的御手撫平此人的傷痛』……！」

女神官懇求似的握住錫杖，對坐鎮天上的地母神獻上由衷的祈禱。

還請治好這個人的傷。請讓她留住這條命。請拯救她。

已經許久沒有機會祈求的「小癒（Heal）」神蹟。

而心地善良的地母神，確實回應了心愛信徒的祈禱。

淡淡的光芒就像泡沫般冒出，飛向女子的傷口，開始抑制出血。

當然了，喪失的體力不會因此恢復。

心靈與肉體所受的傷，即使以天神之力，也無法輕易治癒。

不過，也不至於三兩下就死去。

「哥布林殺手先生，這邊已經沒問題了……！」

「好。」

哥布林殺手立刻從腰間的雜物袋裡抓出一顆蛋，砸向小鬼。

「GOOROOROOB!?」

「GOOOROBOOROOB！？！？」

蛋殼裡噴出詭異的煙，緊接著就爆出一陣慘叫。

幾隻本來正恣意折磨女子的哥布林，難受得流著眼淚，在地上打滾。

碎掉的蛋殼裡裝的，是哥布林殺手手工調製的催淚劑。

考量到有可能導致人質傷口惡化，所以本來不方便使用，現在已經沒有這個後顧之憂。

「八——九！」

他擲出棍棒，搶來的劍刃已經生鏽，每次劈砍都會有一部分碎裂。

哥布林殺手毫不介意，以用到爛為止的打算，橫掃一刀割開了小鬼的咽喉。

哥布林的鮮血隨著吹笛似的咻咻聲噴出，疊在同伴屍體上斃命。

「GBBB……！」

「GORBG！GGOOBBG！」

同伴轉眼間就有半數陣亡，讓這些哥布林心驚膽顫。

然而，他們又捨不得丟下難得弄到手的獵物。

況且他們心中也懷著欲望，會想如果能夠把那個小丫頭和森人女子也給按倒、蹂躪一番，該有多好。

但是攔在前方的凡人戰士與蜥蜴人僧侶這關，並不好過。

那麼……

「GORRB！」

「GORB！」

剎那間，幾隻哥布林丟下武器，拔腿就跑。

也不知道他們是想重整態勢，還是想逃走——不。

「要去拿**盾**了！」

哥布林殺手迅速看清狀況，發出指示。

幾隻脫離戰線的哥布林所向之處，是石板地面上的蓋子。

不難猜想他們打算從地下倉庫，拖出那些預定拿來當孕母的女子，當成人肉盾牌。

「真夠噁心。我可不會讓你們稱心、如——意……！」

但下個瞬間，他們的膝蓋上已經多了箭。

妖精弓手從長椅後頭，毫不留情地以樹芽箭射穿。

「GROB！GROOORB!?」

「GOOROB!?」

不間斷的三連射。接著就是三隻哥布林同時發出慘叫而軟倒。

直接爆頭雖然不難，但致命失敗（Fumble）隨時可能發生。

這種時候應該以確實絆住他們為優先，之後再仔細瞄準。

妖精弓手花了整整一眨眼的時間鎖定目標，用箭貫穿了小鬼的眼窩。

「歐爾克博格！這邊不用你費心！」

「這樣的話，樓梯就由我來卡著唄。」

施法者既然已善盡原先職責，接下來就只剩肉體勞動。

礦人道士身手遲緩，卻輕快地跑向了樓梯。

不知不覺他已從腰間拔出手斧，穩穩舉起。不愧是老經驗的行家。

「GOOROOB！」

「GRRRORB！」

這些哥布林於是變得進退兩難。

他們從窄小的牆壁裂縫入侵，如今卻反而遭到包圍。

宛如許多新進冒險者的遭遇，這些小鬼也意想不到。

我們是殺戮的一方，不是被殺的一方。這是絕不會錯的，萬萬不可能站上相反的立場。

哥布林殺手很清楚這點。因為自己以前也曾這麼想過。

「十四……十五！」

「嘰咿咿咿咿咿耶——！」

哥布林殺手用棍棒敲破小鬼的頭蓋骨，搶走短槍，刺進喉嚨殺了他。

蜥蜴僧侶毫不遲疑，以爪、爪、牙、尾大殺四方，將小鬼們化為一陣血肉橫飛的旋風。

本來他們這方就有銀等級冒險者四名，鋼鐵等級冒險者一名。

最重要的是，他們的陣容裡有哥布林殺手。

區區二十幾隻占領禮拜堂的哥布林，他們不可能會打輸。

對他而言，問題永遠都在於如何快速而確實地將敵人殺光，救出人質。

§

「二十又三，嗎。」

戰鬥並未持續太久。

太陽下山，書庫沉入夜色之中。只有燭臺上的點點火苗，算得上是比較像樣的光源。

哥布林殺手就靠著這些照明，淡然地進行作業。

他用武器一一刺進小鬼屍骨，確定他們的死活，然後堆到禮拜堂的角落去。

鮮血、腐敗與穢物臭氣翻騰，染成一片紅褐色的此處，已經看不到過往聖域的影子。

無論這些哥布林的目的為何，應該可以當作這片領域已完全遭到褻瀆。

在書庫工作的女修道士有二十餘人。

活下來的女修道士，大概只有十名左右。

扣掉鍋子裡剩下的肉與骨頭，還差了十名，哪兒也找不著。

剛下到地下倉庫的蜥蜴僧侶，把女修道士一一扛上禮拜堂。

「來，振作點。待天一亮，就能動身前往較安心的地方。」

「……不好意思。真的……」

「哪怕侍奉的神不同，猿猴本來也是蜥蜴。那麼，我等應該算是同胞。」

「……呵呵，這位蜥蜴人先生……說話真有意思……」

汙穢與憔悴都不可能掩飾住，但裹在毛毯裡的她們，已經微微在笑。

然而看到她們腳踝全都包著繃帶，顯然無法站起來行走。

女神官一瞬間咬緊了嘴脣。她還不知道被生鏽的刀刃挑斷腳筋，會是什麼樣的痛楚。

「……已經沒事了。我們很快，就可以回到鎮上了……」

「謝……謝、妳……」

「請別說話，現在一定要好好休息才行。」

女神官殷勤地在長椅間跑來跑去，為躺著養傷的旅行者與女修道士包紮治療。

沒有人特意提起今後會怎麼樣。

──算多了。

神智還清醒，沒有自戕、也並未被凌辱致死的人，足足有這麼多。

──可以說，這座書庫的情形算是幸運了。

多虧旅行者不顧自身安危揮劍應戰，一名女修道士才得以逃脫。

她本來被派往其他神殿洽公，回來就遇到了這樣的事態。

她順著大道折返，趕往冒險者公會提出委託，直到冒險者們抵達又花了幾天。

所以哥布林殺手他們才**來得及**。

正是旅行者挺身爭取到的些許時間，才換來了這幾天。

如果旅行者捨棄神殿逃走，要是她不揮起武器應戰，而是早早死心……

相信女修道士就無從脫身，事態也已經變得更加致命。

「……二十三隻嗎。」

他以連自己都不相信似的口吻低語，丟下沾血的短槍。

禮拜堂角落放著一只裝有剩飯的鍋子，短槍應聲滾到鍋旁。

他轉而從哥布林屍堆掠奪稱手的劍，塞進鞘內，佩到腰間。

做完這些準備，哥布林殺手才重重坐到長椅上。

「要不是有人質和書，放火才是最快的做法。」

哥布林殺手深深呼出一口氣。

「……真是的，又說這種話。」

女神官踩著小小的腳步走來，鐵盔不動，只轉動視線看去。

也許是治療已經告一段落，只見她被血弄髒的臉一鬆，堅強地露出微笑。

行使完兩次神蹟應該已經很疲倦，她卻努力不表現出來。

「而且，要是被她聽到你又會挨罵喔？禁止點火！——這樣。」

女神官甚至還將手放到耳旁，伸出食指，做出搖動的模樣。

她在說笑——也許，是強顏歡笑。

哥布林殺手不懂。

從頭盔縫隙間，蠟燭淡淡的陰影下，看不出細微的表情。

「嗯。」

哥布林殺手只回了這句，在頭盔裡閉上眼睛。

他當然沒打算一直休息下去。

休息是為了調整呼吸，讓意識一瞬間放鬆，再重新繃緊。

畢竟還有小鬼在。即使這裡沒有，別處也有。能大意的地點並不存在。

「……但，多費了工夫。」

「這……」

女神官目光游移，像是在斟酌遣詞用字。

「……我想，有時候，也是會有這種情形。」

「……是嗎。」

「就連天神，也不是無所不能啊。」

她說著，動作有些客氣地，在哥布林殺手身旁坐下。

若非穿著皮甲，想必還能感受到這名少女的體溫。

聽到隔著鐵盔隱約傳進耳裡的呼吸聲，哥布林殺手微微睜眼。

「那個女的旅行者，怎麼樣了。」

「剛才總算睡得著……不會馬上出什麼事。只不過，她失血有點多。」

「那，就得等明天了吧。」

女神官立刻聽出他這短短一句話的意圖。

要動身得等明天。這也表示，他們得在這裡過夜。

想來並不能讓他們救出的這些女子行走，需要有馬車或推車。

帶這麼多人在夜間移動，是很危險的。尤其各種對策已經用掉的當下，更是如此。

「所以，妳也先休息會。」

「……好的。」

女神官點了點頭，輕輕閉上眼睛。

相信她不可能睡得著，但只是閉上眼，也能有休息的效果。

哥布林殺手並未抗拒這微微靠上肩頭的重量。

「只不過……」

蜥蜴僧侶壓低腳步聲，悄悄溜到兩人身旁。

他小心翼翼地環顧四周，低聲說道：

「……這陣子遇上的小鬼，有種特別滑頭的感覺吶。」

「你這麼覺得嗎。」

「若貧僧的直覺沒錯。」

他說著，以驍勇善戰的蜥蜴人所特有的、對戰事充滿期待的語氣開口：

「小鬼聖騎士一役以來，這種印象還是首見。」

「我有同感。」

哥布林殺手點點頭。

「所以他們也漸漸學聰明了……嗎？」

他自認之所以反覆進行徹底的殲滅，就是為了不讓他們學習。

——又或者，至今交手過的，都只是敵之末端？

不，哥布林殺手搖了搖頭。

只要解決頭目，就能讓一切結束？事情怎可能這麼單純。

這點他不是早在十年前就已經很清楚了？

「這邊也得再多擬些對策……」

「受不了，這些小鬼根本不懂東西的價值。」

這時礦人道士慢條斯理地捧著一堆物品走過來。

身上會有一股溼氣，不外乎是因為他去倉庫翻箱倒櫃了一番。

當然他們並非亡命之徒，這不是掠奪，只是為了檢查物資安全。

話雖如此，蜥蜴僧侶仍興味盎然地轉了轉眼珠子。

「可有什麼典籍仍完好？」

「只有那些小鬼當成垃圾沒去碰的東西。」

說著他堆到長椅上的是幾塊石板——不，大概是黏土板。

雖比紙張占空間，但從神代、古代流傳至今的記述，似乎安然無恙。

「小鬼們也許分不出這和地上那些石磚有何差別吶。」

蜥蜴僧侶伸出爪子，為了不弄壞黏土板，小心翼翼地撫過表面。

這似乎是相當古老的文獻，就連蜥蜴僧侶也看不懂上頭的文字。

無數非幾何符號爬滿黏土板，甚至像是種會讓人頭暈目眩的花紋。

「但既然讀不通，貧僧也和他們差不了多少。不論如何，能有部分安好就已經謝天謝地了。」

「之後還得好好調查一番才曉得……不過也得等之後吧。」

「對。」哥布林殺手點點頭。「外頭情形如何？」

「長耳朵的去巡一圈了。她夜視強，再說那叛逆丫頭，當獵兵(Ranger)的本事實在不錯。」

要是還有其他小鬼，相信逃不過她法眼。礦人道士說完，拿出了酒瓶。

哥布林殺手接過，從頭盔縫隙間不客氣地喝了一大口。

酒精燒灼喉嚨般的熱度，對於因疲勞而渾濁的意識帶有提神效果。

「……你們也用了法術，趁早休息會。」

「你也是啊……話雖如此，但也沒這麼容易。畢竟咱們前鋒不夠。」

礦人道士說著，自己也不客氣地喝了一大口，酒瓶接著交到蜥蜴僧侶手上。

「喔喔？」他覺得美味似的瞇起眼睛，大動作豪飲一口。

隨後用舌頭舔去下顎的水珠，打了個嗝。

「喝了會想吃乳酪吶。」

「得等回去才有。」礦人道士拍拍蜥蜴僧侶的肩膀。「看這樣子，回程路上也不能鬆懈啊。」

「我想今晚應該不要緊就是了。」

清新的嗓音從門縫間傳來。

隨著門咿呀作響地開啟，一道人影就像走在夜路上的貓那樣，溜進了禮拜堂。

她──妖精弓手抖了抖身體，長耳朵頻頻顫動。

「因為我在附近繞了一圈，沒看到從這裡離開的小鬼腳印。」

「確定嗎。」哥布林殺手沉聲一問，她便尖銳地回答：「確定呀。」

妖精弓手皺起眉頭，用指尖把臉頰上乾掉的血漬應聲剝下。

「所以回去路上只要不被其他傢伙盯上，哥布林到這就結束了。」

「是嗎。」

哥布林殺手點點頭，看向積在禮拜堂角落的屍堆。

二十幾隻哥布林。他們解決、殺死的小鬼。

接著再看向拿長椅當床、熟睡養傷的女子們。

──她說結束了？

「……是嗎。」

哥布林殺手再次低語，微微伸展肢體。

接著輕搖靠在自己身上的女神官那苗條的肩膀。

「起來吧。人回來了。」

「……嗚。啊，好、好的。」

她全身一震，整個人彈了起來。

接著趕緊連連搖頭，揉揉眼角，讓打起盹的意識恢復清醒。

「那麼，我來弄乾淨吧。畢竟大家也，這個……」

「髒了」這句話並未脫口，被她吞了回去。

她拿起錫杖，走向睡在長椅上的這群女子，妖精弓手跟了過去。

女神官來到正中央，當場輕輕跪地，雙手將錫杖摟到身前。是祈禱的姿勢。

「『慈悲為懷的地母神啊，請以您的御手，潔淨我等的汙穢』。」

天上的神回應虔誠信徒的祈禱，伸出看不見的手，碰觸了這些女子的肌膚。

就像拿絲絹或羽毛掃帚輕撫身體、搔癢似的舒暢感。

經此一觸，她們每個人身上的汙穢可不是轉眼就消融在空氣中了嗎。

無論汗漬、血跡，還是衣服上沾到的紅褐色染痕，一切都消失無蹤。

甚至令人覺得連這些女子臉上的緊張也得到舒緩，表情轉為安詳。

「嗯～」妖精弓手瞇起貓一般的雙眼，大大伸了個懶腰。

「好棒喔，這個。感覺就像沖過身體一樣，記得是妳新得到的神蹟？」

妖精弓手嘻嘻笑了幾聲，心想可得為剛才發的牢騷對天神道歉才行。

即使不明白她這幾聲嘻笑的含意，女神官仍顯得有幾分開心地點了點頭，回答「對呀」。

「我告訴神官長自己已經晉升到鋼鐵等級，神官長就幫我執行儀式……」

「不過，妳選的還真低調。明明應該有……怎麼說，更搶眼的神蹟吧？」

「……因為情勢所需。」

女神官把目光從妖精弓手身上撇開，咕噥出這句話，妖精弓手隨即會意地「啊啊」一聲，皺起眉頭。

雖然一般都說祈禱者「蒙天神授與」某種神蹟，是由天神所賜，但主動祈求而如願獲得的例子也所在多有。

這是「淨化(Purify)」的神蹟。

以天神的神力除去汙穢——說穿了就是只有這種效果的法術。

值得為了這項法術而特地保留一次祈禱嗎？

不過話說回來，冒險途中能每天清潔一次衣服和身體，對少女心而言仍十分可喜。

此外對於弄髒的水或瘴氣，也能淨化到一定程度，學起來不會吃虧。

當然了，只用吃虧或占便宜來衡量天神賜予的奇蹟，無疑是徹頭徹尾的冒瀆。

「…………」

女神官輕輕按住平坦的胸部，深呼吸一次，然後眨了眨眼、咬緊嘴脣。

自己還是不小心習慣了。

聊結婚的事聊到心浮氣躁後，再看到小鬼的所作所為，看到這些女子悽慘的模樣——

心中雖然起了些許波瀾，儘管是強顏歡笑，卻仍說得出一兩句玩笑話。

一年前，這是無法想像的。

「這神蹟很好。」

一隻沉重又粗獷的手，輕輕放到了她的肩上。

她嚇了一跳，抬頭看去，便看見髒汙的鐵盔。這句話使她心緒昂揚——

「派得上用場。」

下一秒，女神官以難以言喻的表情，窩囊又沮喪地垂下眉毛。

§

火紅的夕陽，漸漸沉入曠野盡頭。

夏日傍晚。西風像要掃去暑氣似的吹過，在牧草海上掀起漣漪。

牧牛妹輕輕按住被風梳過的頭髮，在風輕撫臉頰似的感覺中，舒暢地閉上眼。

「好～大家要回去囉～」

聽她這麼一喊，周遭各自吃草的牛隻都在叫聲中抬頭。

接著慢吞吞地走了起來，相信他們會就此成群結隊，一路回到牛舍。

牛這種生物的習性，原本就是如此。

所以牧牛妹不需要介入，但她並非沒事情做。

清點數目，確定牛隻是否全數回到牛舍，是很重要的。

即使他每天早上都會仔細檢查柵欄，仍不能保證不會發生任何問題。

狐狸或狼當然要防範，牛隻走失的情形也不是沒發生過。

況且等牛回到牛舍，就得由人去幫他們準備食物。

更重要的是，牛、馬是最最寶貴的財產，再怎麼花心思看顧都不嫌多。

「……嗯，大家都有到。」

牧牛妹彎起手指清點牛隻，然後精神十足地點點頭說了聲「很好」。

兒時玩伴的他出發冒險，到今天是第二天。

他是冒險者，所以這樣的日子當然也是有的。

不回家的日子。就只是在等待的日子。

也許有天，非得一直等下去不可的日子也會來臨。

他是冒險者，所以這樣的日常當然也……

——每次想到這，就覺得好無力，而且根本沒完沒了嘛。

「所以才說工作實在很重要呢，很重要——……」

風又吹了起來。

呼嘯而過的夏季陣風，會帶來各式各樣的氣味。

綠油油的青草香，遠方鎮上飄來的晚飯香，還有牛群的臭。

「嗯……」

以及，像是生鏽的鐵會有的刺鼻味道。

是她這幾年來已經完全熟悉的氣味。

牧牛妹在前往牛舍的牛群後頭停下腳步，轉過身去。

遠方有個黑影，從大道踩著大剌剌的腳步走過來。

身穿髒汙皮甲，頭戴廉價鐵盔，腰間掛著一把不長不短的劍，手上綁著一面小圓盾的模樣。

牧牛妹瞇起眼睛，然後，一如往常地露出笑容。

「歡迎回來。辛苦了？」

「嗯。」他點點頭。「我回來了。」

牧牛妹小跑步來到他身邊。

輕輕吸氣，吐氣。他的動作沒有不對勁的地方。臉頰自然而然鬆弛開來。

「你沒受傷吧，太好了太好了。」

「嗯。」

他點點頭，跨出腳步，步調比剛才要慢。牧牛妹在他身旁並肩走著。

「……唔。」

接著她微微皺起眉頭。

既然聞得到他的氣味，那麼他是不是也聞得到自己的汗臭？

她有點在意起來，試著聞了聞袖子。自己聞不出來。

——不過現在才在意，也的確太晚了啦。

「……欸，對了，冒險者身上髒了都是怎麼辦？」

「能換衣服時就換。身體用擦的。也有人用法術或神蹟解決。」

「哼嗯～？」

「有時也會因為體臭而被小鬼發現。站在上風處很不智。」

原來如此。牧牛妹點點頭，輕巧地繞到他的另一邊去。

「怎麼了」他問起。「別放在心上」她搖搖手回答。

「晚飯呢？要怎麼辦？你吃過才回來的嗎？」

「沒有。」

「那就在家吃對吧？燉濃湯可以嗎？」

「嗯。」

而他縱向搖動鐵盔的模樣，以及低沉的嗓音，都讓她覺得比平常輕快了些。

單是如此，牧牛妹就會覺得不枉自己準備了飯菜——

——我這個人，還真好打發呢。

想歸想，卻又不會覺得不舒服，所以也沒救了。這樣就好。

「可是，你有點累了吧？」

「……」

他沒回答。一為難就會不說話的毛病還是老樣子。

牧牛妹嘻嘻一笑，微微屈身，從下往上窺探鐵盔。

雖然看不見鐵盔裡頭有著什麼樣的表情，仍猜得到七八成。

「很辛苦嗎？」

「沒有工作不辛苦。」

「也對。」

夏天的夕陽下，兩人的影子拉得很長。

牛群都趕回牛舍去了，之後只要回家就好。

若從小時候算起，不知這已經是他們兩人第幾次像這樣一起踏上歸途。

以前也不怎麼在意，但現在影子是他的比較長。

「對了。」

「嗯～？」

牧牛妹盯著影子，只出聲回答。

她稍微改變步伐，費心想把他重疊到自己的影子上。

沒什麼特別的意義。就只是忽然想起，小時候經常這樣玩。

「聽說有婚禮。」

「婚禮……？」

牧牛妹有些意外，忍不住轉頭看他。

即使說出口，依然覺得這個字眼有點陌生，感覺就好像是異國的語言。

婚禮。結婚。一個人和另一個人在一起。共度一生。

「婚禮啊……你被邀請了？」

對於她喃喃提出的疑問，他簡短地應了聲「嗯」。

「我的」他頓了頓，「團隊裡，不是有森人嗎？」

「啊啊，」牧牛妹瞇起眼睛。是指那個開朗活潑的獵兵少女。「那孩子。」

「她的姊姊和表哥。」

「這樣啊。」

「她要我也邀妳。」

「……可以嗎？」

「是或否不是我能決定。」

牧牛妹「㖿」地沉吟了一聲。

牧場的事、工作的事，放著幾天沒關係嗎？

夏天很忙。秋天也是。春天和冬天也是。一年到頭，都要擔心風雨氣候，擔心農作物和家畜。

可是——對，可是。

——森人的婚禮！

聽起來就是有種令人難以言喻、心癢難耐的感覺。

小時候，只有在夢中才能看到。

有許多妖精跳著舞，穿著漂亮的衣服，聽都沒聽過的音樂，美麗的新娘與新郎。

那是童話故事中會提，但也絕對跳脫不出童話的事物。

況且無論是如今已不復存在的故鄉，還是現在生活的這座牧場，她都不曾長時間離開。

她已經很久很久，沒有像這樣想去別的地方看看。

「這樣、好嗎……」

牧牛妹嘀咕著，彷彿覺得有這種想法是什麼壞事。

「舅舅那邊，由我去說說看。」

「……嗯。」

這會是他聽見自己不禁無助呢喃，而展現出的粗魯體貼嗎？

大概是吧。牧牛妹認定了。一定是這樣沒錯。是這樣才比較令人開心。

她將重疊在一起的影子微微錯開。

好讓火紅草原上拉得很長的兩道黑色輪廓，手與手能夠好好碰在一起。

「……結婚啊。」

家已經近了。

一段讓他們兩人走來有點短的距離。一段要交流心意已經足夠的距離。一段要交流言語——……

「你會不會，想這種事？」

「……」

他一瞬間閉上了嘴。這是他每次為難時的習慣。

「很難啊。」

是嗎。牧牛妹悄然回應，一邊轉過身來。

她雙手背在背後倒著走，同時抬頭望向他，輕啟朱脣地說了「那」。

「如果小時候，我們約好等長大就要結婚，會怎麼樣？」

「……」

牧牛妹聽見鐵盔內輕微的嘆氣聲。

「我可不記得做過這種約定。」

「哎呀，被拆穿啦？」

牧牛妹啊哈哈哈笑了幾聲。她笑著，再次轉過身，往前走。

影子分開。手和手分開。事到如今。對，說事到如今，也真的是事到如今。

——早知道就該先約好才對。

火紅的晚霞莫名刺激著雙眼，她連連眨了好幾次眼睛。

間章
『女人小孩動作遲鈍云云』

「呼……呼、呼、呼、呼……啊！」

她喘著大氣，連滾帶爬地在綠色地獄中死命奔跑。

赤裸的腳掌為叢林中不知名的草葉、樹枝與石子所傷，從短衣伸出的四肢也沾著血。

雖然陽光被樹木遮住，昏暗的世界仍極其悶熱，讓她劇烈流汗。

跑著跑著，喉嚨都乾澀起來，也不知道哪裡有能喝的水。

食物也一樣。無論果實、昆蟲，還是草，她都不明白哪些是可以吃的。

不，真要說起來，她連自己到底朝哪奔跑都不知道。

看不見太陽，所以連方位也無從判斷。她覺得不是朝北，但也沒有把握。

叢林裡，野獸叫聲、鳥叫聲、枝葉婆娑聲，這一切渾然化為一體，籠罩住她。

人或獸的聲息這種不明確的事物，她本來就感覺不到……

——早知道會這樣，自己也該去接受獵兵的訓練。

「咿、嗚……」

頭髮貼在皮膚上，很不舒服，讓她忍不住伸手去擦掉額頭上的汗，卻刺激到傷口，令她後悔萬分。

——事情怎麼會弄成這樣呢？

想了也得不出答案。可以問的對象已經不在了。走散了。

要嘲笑是因為她太膚淺，想必很簡單。

而說成只是運氣不好，難道又能夠安慰到她嗎？

事實就是她和她的同伴展開冒險，最後失敗、潰散。不過如此。

「……至少，有武器就好了……」

木筏被掀翻，等到在河邊醒來，已經太遲。她失去了裝備，同伴也不在身旁。

但她仍不死心地持續奔跑，是因為她是冒險者。

冒險者就是不死心。

抱怨現況是冒險者的權利，但不去挑戰現況，就算不上冒險者。

最重要的是，即使現況令人絕望，卻尚未抵定。

她不知道同伴是否無恙，既然如此，也就表示還有機會會合。

——憑姊姊的本事，應該不會有事……是姊姊的話。

她想起了先前和她一起行動的姊姊，表情也放鬆了些。

最後一次看見姊姊，是自己從傾斜的木筏上翻落，姊姊伸手來拉的模樣。

姊姊是團隊成員都十分信賴的指揮官，職業是督伊德(Druid)。

姊姊以自然為友，所以一定不要緊。

她一邊這麼告訴自己，一邊拚命在叢林中奔跑。

——對了，就沿著河流走吧。

考慮到**追兵**，也許這樣太危險，總比在樹林中四處逃竄要好。

沒錯，她是在逃命。為了活下去，拚命逃跑。

正因如此，**他們**肯定也知道這點。

「——咿!?」

她憑藉著水流聲，撥開草木前進，再度來到河邊後，忍不住發出了壓低的慘叫。

她面臨的是非常異樣的擺設。

百舌鳥(註2)的存糧，又或者是被小孩子惡作劇的青蛙、絲線打結的傀儡。

那是人。

是被處以木樁串刺之刑的屍體。木樁從屁股打進，從嘴巴穿出。

註2　即紅頭伯勞，多單獨停棲於突出之枝頭、木樁上，有將剩餘食物串掛於枝上之習性。

屍體一具又一具，就像一幕黑色皮影戲，以滑稽的模樣相連。

「這、啊……嗚嗯、嘔嘔……！」

這幅光景沒有真實感。但她的胃反射性地痙攣，讓裡頭裝的東西逆流。

苦味在口中蔓延開來。這時她想到，最後吃的東西是烤魚。用竹籤串刺、火烤。

「嗚、嗯……」

她忍不住蹲下，等到她發現這是一大失策，已經遲了。

周圍早已瀰漫著**他們**的聲息。

並非他們主動隱去，這些傢伙不可能做得到這種高明的事。

就只是她並未察覺罷了——

「咿……不、要……啊、啊啊……!?」

等她急忙想走，已經有無數小小的影子朝她撲了上去。

她被撲倒、按住，濺起的泥水潑進嘴裡。

——會溺死……!?

她以反射性的動作拚命擺動四肢，手臂亂揮，雙腳亂踢。

當然了，雙拳難敵四手，這種抵抗非常無力，結果顯而易見。

「咿!?」

腳在喝罵聲中被抓住，兩腿被人用力扳開的感覺，讓她發出抽搐的叫聲。

接著敵人彷彿更抓準機會，將一根削尖的木棍湊到她眼前，連她自己都知道臉上的血色急速消退。

「不、不……不要、不要不要、不要！那樣的、那種、死法、不咿……!?」

——事情怎麼會變成這樣呢？

她不明白。

要嘲笑是因為她們太糊塗，想必很簡單。

而說成只是運氣不好，難道又能夠安慰到任何人嗎？

不論如何，她不會知道眼前這個物體就是自己的姊姊。

她想都沒想過，這些屍體就是她的同伴。

她明白的只有一件事，那就是自己接下來，將會如何被殺害。

第2章 『嚙切丸，前往南方河川』

一下馬車，就有一陣令人耳鳴的喧囂，伴隨夏季暑氣一起迎接他們這支團隊。

石板路上昂首闊步的人群。閒聊。城鎮水道的潺潺流水。風聲。

這令人被震懾住的熱絡氣氛，讓牧牛妹一瞬間錯以為置身於慶典之中。

「嗚、哇……」

「您還好嗎？」

她忍不住腳步踉蹌，這時有隻柔軟的手，輕輕攙扶住她。

點頭回答「嗯、嗯嗯，沒事」的牧牛妹眼前，站著這一年來已經變得十分要好的朋友。

是今天同樣打扮得整整齊齊、冒險者公會的櫃檯小姐。

清純的白色夏季洋裝，讓人想起她是官員，也就是貴族的女兒。

雖然和平常穿制服的模樣不同，不，正因為不同，才會這麼令人印象深刻吧。

「因為人實在太多，讓我忍不住頭昏眼花……」

「都城裡人更多，這點程度還只是開胃菜呢。」

「真虧大家喘得過氣……」

我大概就沒辦法。櫃檯小姐聽完牧牛妹這句牢騷，嘻嘻笑了幾聲，以熟練的動作下車。

原來如此。用手按住被風吹起的三股辮，這站姿確實非常具有都會風情。

——和我實在不一樣啊。

牧牛妹會輕輕嘆氣，也是無可奈何。她在在覺得自己是個鄉巴佬。

雖然多少換上了和平常不同的裝扮，改變終究不像櫃檯小姐這麼大。

但話說回來，要再穿上母親的禮服又覺得難為情，掙扎的結果——就是現在這身打扮。

不管怎麼說，她也不能只顧著沮喪下去。

牧牛妹小步繞到馬車後，準備攀上貨臺。她得卸貨才行。

這時——……

「我來吧。」

一隻戴著粗獷皮手套的手伸到眼前，在這粗魯的話聲中抓住了木箱。

轉頭一看，是戴著髒汙鐵盔的冒險者——哥布林殺手。

「妳去休息。」

「就說我沒事了嘛。」牧牛妹對兒時玩伴搖了搖手。

「騎在馬上、坐在馬拉的車上，這些我都習慣了。別看我這樣，我可是很有體力的喔。」

「就算是，搬這些貨也是這邊的工作。」

牧牛妹沉吟了一聲。原來如此，自己的工作很重要。

「那，我就只拿自己的行李囉。」

「嗯。」

看到他點頭，牧牛妹也不掩飾莫名露出的笑容，抓住了包包。

這是她第一次見到哥布林殺手工作的情形。而且還是剿滅哥布林以外的工作。

倒也不是跟請他幫忙牧場工作時有什麼兩樣，但就是覺得新鮮。

避免礙事，她站到驛站角落，只見櫃檯小姐也一臉笑咪咪地來到身旁。

認識六年來，她明白了一件事。櫃檯小姐的這種笑容，應該不是硬貼上去的。

「原來櫃檯小姐也不太常看到他工作的情形？」

「因為平常一直都在公會裡處理文書嘛。」

「這樣啊……說得也對。」

「啊，雖然是有過一次……」

那次心臟都差點停了——看著說出這句話的她，牧牛妹噘起嘴「哼～？」了一

聲。

在她們聊天時，卸貨的工作仍在如火如荼進行。

哥布林殺手把木箱從貨臺上拉出來，礦人道士輕輕接過。

礦人體格之強健，往往與矮小的個子成反比。

礦人道士也不例外。他接二連三堆起貨物，呼吸絲毫沒亂。

「俗話說三女成姦（註3），這次足足多到四個，咱們待起來可就辛苦了。」

「哈哈哈哈哈。氣氛活潑不也很好嗎？」

把這些貨物搬上事先備妥的搬運用推車，則是蜥蜴僧侶的工作。

即使不考慮種族差異，他身為神官戰士——身為武僧，也練就一身肌肉發達的體格。

他以比哥布林殺手卸貨還快的速度，把木箱堆到推車上。

「況且女性的細心也不容小覷，妳說是吧？神官小姐。」

「哪裡，沒什麼大不了的……」

「再怎麼說，打包可是重中之重。畢竟黏土板若碎裂，事情就**麻煩**了。」

害羞得搔搔臉頰的女神官又被進一步誇獎，靦覥地低下頭去。

註3　日文「姦しい」意指聒噪。

「這真的沒什麼大不了……我就只是把稻草、紙屑之類的東西也一起塞進箱子裡而已。」

他們所運的貨，就是從那座書庫取得的黏土板。

據他們救出的那些女修道士所言，似乎是在遺跡中發現，文意則尚未解讀。

既然如此，就不能閒置在毫無準備的邊境之鎮。

上頭記載的可能是預言，可能是古代祕法，也可能是不為人知的歷史真相……

來歷不明的古文書引發浩劫，這樣的情形所在多有。

會討論出交給位於水之都的律法神殿保管就安全了的共識，相信也很自然。

「哼哼，礦人，你要好好幹活喔。」

妖精弓手輕巧地跳下馬車，瞇起眼睛，壞笑著拍拍礦人道士的肩膀。

「我要去買給姊姊的伴手禮了。」

「好啦好啦。真是，要不是妳家有喜，我早就再狠狠打妳一記屁股了。」

「什麼啦……！」

妖精弓手立刻護住自己扁扁的屁股往後跳開，「嗚——」地瞪著礦人道士。

她能夠像這樣與同伴嬉鬧，沒別的原因，全是因為水之都十分安全。

去年就不是如此。

女神官帶著既非懷念、也稱不上恐懼的心情瞇起眼睛。

那個夏天，他們對抗暗中襲擊此地的小鬼之災，過程至今仍歷歷在目。
因為與哥布林的那一戰，差點害他們所有人喪命。
當時尤其命在旦夕的哥布林殺手，緩緩轉動視線。
「……」
「……沒有哥布林的氣息啊。」
所以，能夠親眼見證自己和同伴工作的成果，感覺並不壞。
已經闊別一年——沒錯，已經足足要滿一年。
一年之後再度造訪的水之都，似乎沒有任何改變，依舊在安寧中持續運轉。
旅行者與行商人熙來攘往，侍奉至高神的神官們來去匆匆，爸媽帶小孩漫步而行。
一些自由騎士啦、魔法師啦，各自吹噓起自己的英勇事蹟，試圖找找是否有人想雇用運貨保鏢。
租馬業者與商人快嘴談妥交易，搔首弄姿的婦女走在街上。
沒有哥布林。
對哥布林殺手而言，這樣就足夠了。
而既然沒有哥布林，這裡就沒有他該做的事。
——然而我卻待在這。

他微微思索，該如何看待這個情形。

剿滅哥布林以外的任務，即使他有興趣，也沒空去看。

何況像這種運貨的委託，他更不可能會接過。

只要順著流經水之都的河川，往南方的上游行進，就能比徒步更快抵達森人之森。

有鑒於此，他們便打算順路賺點旅費，於是接下了搬運貨物的工作。

既然是公會的委託，來往水之都的路途也就可以動用公會馬車。

只要拿到酬勞，就能籌措好旅費。

也能好好保護「有可能被那些哥布林盯上的黏土板」——

一想就覺得，對哥布林殺手而言，每個環節都有著能夠接受的理由。

「那麼各位，我去和這邊的公會人員打個招呼，回報委託已經完成。」

而這些環節，都出自算準時機、迅速貼上笑容的櫃檯小姐精心安排。

要像這樣把事情安排得井井有條，再也不會有什麼職業比官員更合適。

不過，如果計畫只有前往委託地點、探索、打倒怪物後返回，也還罷了。

「之後就是運貨，安排旅館、船，還有伴手禮了吧。新娘喜歡的東西是……」

「森人的事情還是問森人最好。長耳丫頭，妳說是吧？」

「那當然囉。」妖精弓手自信滿滿地對礦人道士點了點頭。

她優雅地擺動長耳朵：

「再說，我也很久沒回故鄉了，得送伴手禮給森林裡的氏族。」

「啊，那、那麼，我也……」

牧牛妹在一旁聽著眾人說話，這時戰戰兢兢地把手舉到豐滿的胸部旁。

「怎麼說呢，畢竟我很少有機會來到這樣的地方，所以想去逛逛街……」

她說這句話時難得顯得無助，視線游移地飄來飄去。

妖精弓手眨了眨眼。

「包在我身上！」

說著手用力在平坦的胸部上一拍，打了包票。

「別看我這樣，以前在這城市待過一陣子，可以帶妳逛一逛！」

「既然如此，等旅館和船都安排好，咱們也參加吧。」

礦人道士狐疑地看著她自信滿滿的樣子，捻了捻自豪的白鬍鬚。

「放鐵砧女一個人，她一定會得意忘形，不知會捅出什麼漏子來。」

「你說什麼！」妖精弓手眼尾一揚立刻上鉤，礦人道士興高采烈地反駁。

吵吵鬧鬧，脣槍舌劍。他們的鬥嘴聲，不輸給水之都的喧囂。

看見來往的路人稀奇地看著他們，蜥蜴僧侶愉悅地轉了轉眼珠子。

「也好，只要當貧僧等人是挑夫即可。畢竟力氣是有的。」

「不好意思，每次都承蒙你們照顧……」

牧牛妹惶恐地低頭，蜥蜴人僧侶合掌回答「哪裡哪裡」。

「這就像是報平常吃到美味乳酪的恩情，不必放在心上。」

「呵呵，那等辦完手續，也請讓我奉陪囉。」

不知是何時被她繞到背後的，櫃檯小姐的手放上了牧牛妹的肩。

她的辮子傳來一陣淡淡的香氣，聞起來像是香水的甜香。

這種只微微散發出一絲一縷、不流俗的香氣，對牧牛妹而言遙不可及。

——好好喔。

剎那間忍不住有了這樣的念頭，而這念頭似乎不小心從臉上透露出來。

「只要是女生，都會想打扮得漂漂亮亮吧。」

從這麼近的距離看到櫃檯小姐慧黠的微笑，牧牛妹乖乖舉起雙手投降。

「啊哈哈哈……嗯，就拜託妳了。」

好、好。櫃檯小姐面帶笑容點點頭，視線迅速流轉。

會被她當成下一個目標的，不用說也知道是誰。

是顯得有話想說卻又說不出口，扭扭捏捏十分不自在的女神官。

「您要不要也一起？像是之前慶典上穿的那種衣服，就很可愛呢。」

「咦嗚!?」

女神官慌張地咕噥著「我就、那個……」、「而且也不適合」連連搖手。
等她想跑，牧牛妹卻已早一步攔在去路上。
她將女神官抱入懷中，就像是要埋進自己豐滿的胸口。
「不行、不行，我也不曉得適不適合呀。這不能當成理由吧？」
「嗚、嗚嗚……還、還請手下留情……喔？」
發抖懇求的模樣就像隻小動物，牧牛妹對這個妹妹似的女孩點了點頭。
只是話說回來，她對時尚或流行也很生疏，其實全靠櫃檯小姐……
「……」
哥布林殺手默默看著這幾名嬉鬧中的女孩。
牧牛妹本來個性就樂天，已經完全和她們打成一片。
開朗、歡笑、跑來跑去，很開心的樣子。
他呼出一口氣。彷彿卸下重擔似的，深深吐氣。
「……伴手禮、衣服，我都不太懂。」
哥布林殺手低聲說完，抬起了推車的橫槓。
「哦？」蜥蜴僧侶察覺到他的舉動，尾巴一甩。
「要送貨了麼。待其他事項都辦妥再送，也未嘗不可？」
「萬一那些哥布林盯上這些黏土板。」

他說這句話時，難得有幾分像在辯解。

「還是早點送去比較好。」

「……這樣好嗎？」

「當然好。」他搖搖鐵盔。「沒理由不好。」

「呼姆……」

蜥蜴僧侶思索一番，咻一聲吐出一口氣。

然而半晌後，他緩緩搖了搖長首，顎中吐出一句「既然如此」。

「過夜的地方一決定，我們就遣人去神殿通知吧。」

「麻煩了。」

哥布林殺手說完，拉著推車往前走。

等女神官注意到車輪咿呀聲，他的人影早已走遠，只剩遠方一個小點。

§

他聽著運河的流水聲，專心拉著推車行進。

道路上來往的人們，視線都匯集在這模樣窮酸的冒險者身上，隨即又掃往別處。

要說他的打扮誇張，也的確誇張，八成是被路人們當成了菜鳥之中又格外寒酸的一群。

畢竟是名彷彿要去探索迷宮般全副武裝的冒險者，正使勁地拉著推車。

他的模樣，和這座利用河流與船隻繁榮發展的古代都城那美麗的街景毫不搭調，甚至聽得見有人竊笑。

這些都與哥布林殺手無關。

沿著牢牢記住的路途走了一會兒——

他抵達一座蓋在河岸旁、用白堊石圓柱構成的壯麗神殿。

正面玄關有許多身穿聖袍的神官，抱著法學書籍忙碌地進出。

其間參雜著五官嚴肅的人們，為了打官司而頂著難以捉摸的表情來到神殿。

過了天頂而開始傾斜的太陽照了進來，讓神殿的象徵——天秤劍反射得閃閃發光。

崇尚世間律法、正義、秩序與光明的至高神大神殿。

在邊境，想必再也沒有哪個地方比這裡更安全。

但哥布林殺手毫不大意地掃視四周，踩著大剌剌的腳步，連人帶車進入神殿。

等候室裡等待判決結果的人們，對他投以奇異的視線，但他繼續往內行進。

「對不起，請等一下！」

這時似乎總算有一名穿著涼鞋的年輕神官看不下去，跑了過來。

「唔。」哥布林殺手停下腳步，留意到年輕神官口中在祈禱。

他猜到多半是「看破（Sense Lie）」之類的神蹟。這陣子局勢很亂。

哥布林殺手讓推車嘰一聲停下。

「我來執行委託。」

「啥？」

「委託。」

他又說了一次，拉出用鍊條掛在脖子上的識別牌。

被窗戶射進的陽光照得閃閃發光的白銀識別牌。第三階的證明。

「說哥布林殺手來了應該就能明白。」

很遺憾的，對方並未立刻明白。

「請等一下。」年輕神官急急忙忙跑向裡頭，把他丟在原地。

哥布林殺手雙手抱胸，照吩咐等他回來。

總覺得對方那種慌慌張張的模樣，平常就看多了。

——是否年輕的神官都大同小異？

不久後，神官伴著一名比他年長的女性回來，於是哥布林殺手重複第三次：

「我來執行委託。搬運書籍。」

「好的，好的。我們當然會處理。」

她以和善的笑容，重重地連連點了幾次頭。

「大主教（Archbishop）正在等您，這邊請。」

「好。」

哥布林殺手抓住推車的橫槓，用力舉起，往前邁步。

神官鞠躬說了句「讓您久候了」，他輕輕搖頭走過。

走在前面的女子——侍祭（Acolyte）扭著腰，每走一步，臀部便做出不至低俗的擺動。

動作非常典雅。

律法由至高神司掌。然而應做出公正裁決的卻是有言語者，是人子。

既然如此，那樣的舉手投足，八成就是為了在法庭上給人好印象而訓練出來的吧。

一想到那是鍛鍊的結果，哥布林殺手也就不再有別的感想。

「不過話說回來，只要您繞到後門，就用不著讓您等了。」

相信她的言外之意是「您也算和神殿長有私交」。

「這我倒是不知道。」

哥布林殺手以不顯責怪，單純問個清楚的語氣，說了下去。

「讓你們費事了。」

這名女性是劍之聖女的近侍，扮演侍女般的角色。他在腦海中細細咀嚼這項認知。

「我只是驅除哥布林。」

「是。先前大主教受您諸多照顧。」

「……總覺得以前見過妳。」

她笑咪咪地說著，哥布林殺手對她微微歪了歪鐵盔。

「哪裡哪裡，不要緊的。大主教一定也會非常開心。」

哥布林殺手低沉地「唔」了一聲。

「她睡得好嗎。」

「很好。睡得可香了。」

侍祭說到這，就像聊起自己的小孩般，瞇起眼睛微微一笑。

「這一年來，她總能像幼兒般欣然入眠……想必是因為比起以前安心多了吧。」

請你要保密喔，不然她一定會鬧彆扭。

侍祭這麼說，他點頭允應。

「是嗎。」接著細細咀嚼話中含意似的，低喃道：「那就好。」

走過用來進行審判的法庭，以及設有成排書庫的走廊，繼續往內行進。

前往豎立著白堊石圓柱，充滿靜謐氣氛的空間最深處。

他走過的路徑和先前一樣，抵達的地方果然也和先前一樣。

數根圓柱聳立，從縫隙間可以看見宛如蜂蜜傾瀉般的陽光。

最深處有著一尊媲美太陽的至高神神像，以及這尊神像座落的祭壇。

還有一名以完美的姿勢捧著天秤劍，獻上祈禱的美麗女子——……

「……啊啊。」

她發出的聲音裡，流露按捺不住的喜悅——

「您來了呀……？」

這名女子只用一塊薄布遮擋美麗豐滿的肢體，在細微的衣物摩擦聲中站了起來。

視線隔著襯托出她美貌的眼帶移動，水潤的嘴唇輕輕呼氣。

淫靡，或是魔性——然而她散發出來的，卻毫無疑問是清爽的聖女氣息。

「看來沒什麼問題。」

「是……多虧了您。」

大主教——劍之聖女就像名天真的少女，染上淡紅色的臉頰一緩。

她以舞蹈般的動作輕輕揮手，侍祭立刻一鞠躬，無聲地退了出去。

「那女孩的事情，也給您添麻煩了……」

「沒什麼。」哥布林殺手搖搖頭。「是我分內的工作。」

去年冬天，為了救出貴族千金，在雪山上與小鬼所展開的那一戰，至今記憶猶新。

當時她表現得很堅強，但哥布林殺手不清楚後來如何。

女神官和妖精弓手似乎有在和她通信，但他就是不會想問她們。

「……說不上是已經振作起來。畢竟她傷得很重、很深、很痛。」

劍之聖女似乎猜到他的心思，以柔和的語氣——但微微嘟起嘴脣……這麼說道。

「不過，她挺身而出了。拚了命、站穩腳步，卯足所有力氣。」

「是嗎。」

「……我的事，您不問嗎？」

哥布林殺手低沉地「唔」了一聲。

「我在路上聽說了。」

接著發出更多聲響，放開推車的橫槓，固定好。

「我運了古籍來。」

「是，情況我也都聽說了。」

劍之聖女似乎不滿他未當面問，微微嘟起了脣。

不過，至少他仍有在關心自己。這點相信並未改變。

她在白堊石地板上如滑行般挪動腳步，穩穩走到推車前。

又細又白的手伸出，用指尖摸過堆在推車上的木箱表面。

「可以請您幫我打開嗎？」

「好。」

哥布林殺手抽出腰間的劍，將劍尖插進縫隙，撬了開來。

換成正常的冒險者，當然不會做出這種有可能傷到愛劍的舉動。

但他是哥布林殺手。

劍之聖女明白這點，並未顯得驚訝。

木箱發出哀號般的喀啦聲打開，裡頭裝著埋在木屑中的黏土板。

劍之聖女就像愛撫似的，手輕輕點上黏土板上所刻的楔形文字。

「很古老……這文字非常古老。會是……和魔法有關的文字嗎？」

她的舉動令人驚嘆，但只要知道她的事蹟，相信也不值得驚訝。

既然是司掌律法的至高神大主教，不可能未蒙天神賜予鑑定的神蹟。

「有和哥布林相關的記錄嗎。」

「這……」劍之聖女憂鬱地微微歪頭，金色髮絲無聲無息地滑下。

「實在沒辦法確定到這個地步呢，除非再詳細解讀……」

「是嗎。」

哥布林殺手點點頭。

「那我沒興趣。就交給妳保管。」

「好的，我確實收下了。」

劍之聖女手放到豐滿的胸口，深深一鞠躬。

即使她曾是冒險者，但這並非大主教對一介冒險者該有的舉止。

她緩緩抬起頭，彷彿把這些黏土板當成了禮物，將看不見的眼睛對過去。

「晚點我再搬到書庫去。」

「……妳搬？」

「既然您都託付給我了，就得盡到責任才行。」

哥布林殺手什麼話都還沒說，她就「吶」了一聲，跨出一步。

她以舞蹈般的流暢動作，溜到幾乎就要碰到他一身粗獷皮甲的距離。

微微刺激鼻腔的甜味，多半是她先前點的香。

「您馬上又要回去了嗎？」

「不。」

劍之聖女用力握緊了天秤劍。

「接著往南邊出發。」

「……這樣、啊？」

© Noboru Kannatuki

握住天秤劍的手，放鬆了力道。微微噘起的脣輕聲說出「壞心眼」這幾個字。

「似乎，不是為了哥布林？」

「同伴……」哥布林殺手說了。「同伴邀我，沒辦法拒絕。」

「您就是人太好……」

她的聲音不是在責怪，卻又微微帶刺。

「但，」哥布林殺手開口了。

「沒人知道哥布林會在何時何地出現。」

「說得也是。」

劍之聖女留下嘻嘻一聲鈴鐺滾動般的笑聲，退了開去。

明明沒怎麼弄亂，她仍理了理服裝，重新握好天秤劍法杖，清清嗓子：

「如果要逆流而上，請務必小心。」

「哥布林嗎？」

「因為我們收到幾筆回報，說船被弄沉了。」

劍之聖女不回答哥布林殺手的問題，只以細小的聲音告知這麼一句話。

——祝您旗開得勝。

看著她用手指畫出的聖印，哥布林殺手點頭，踩著大剌剌的腳步走遠。

他不回頭。

因為她必定也不希望自己回頭。

§

「我、那個，乖乖聽話買了下來，可是……真的要穿嗎？」

「嚇我一大跳。凡人（Hume）真的好會想有趣的主意，害我都覺得這樣有點帥氣了。」

「這在都城也算走在流行最前端呢。畢竟會露出手腳和皮膚，還只是最近的事。」

「……我倒覺得這個穿起來太小了說。」

水花四濺，四名少女嬌嫩的嬉鬧聲，將河邊點綴得多采多姿。

翌日，五名冒險者與兩名女性，出現在木筏上。

拉起白帆的木筏，在平穩的風吹送下，緩緩往上游前進。

森人居住的聚落與水之都之間，並沒有什麼交易往來。

因為他們心高氣傲，對貨幣也沒興趣，甚至不需要人製作的物品。

既然無法滿足彼此的要求，生意也就不成立。

往上游行進的船，是為了和林立在河邊的許多開拓村做生意。

因此，很少船會往更南方前進，去到人跡罕至的森人之森。

當然，也並非沒有例外——

「就算這樣，我可沒想過會搞到得搭木筏去啊。」

「既然能借到，這樣就夠了。」

正當他們通過幾個聚落、太陽也正要上到天頂之際。

在地圖上所記載的最後一處村莊河邊，和農民買了麵包的礦人道士發起了牢騷。

他把抹上奶油的麵包分給大家，哥布林殺手一邊接過，一邊淡淡回應。

「沒什麼好抱怨。」

「囓切丸你倒是很隨遇而安啊。」

「是嗎。」

「當然是了……來，長鱗片的。」

「這怎麼好意思。」

巧妙控制長篙來操船的，是蜥蜴僧侶。

蜥蜴僧侶靈活地將木筏停到閘門內，咻一聲呼了口氣。

運河與天然河川之間存在高低差，而調整水位來加以配合的機關，就是這座閘門。

若欲從上游前往下游，就要將閘門中的蓄水緩緩放往下游，降低高度。

相反的若要前往上游，則要堵住河道、讓水累積在閘門內，提升水位。

無論哪一邊，船隻或木筏要往來，都得等上一時半刻。正是上好的午餐時間。

蜥蜴僧侶用他大大的雙顎吃起接到手中的麵包，立刻轉了轉眼珠子。

「唔唔。只不過，一旦舌頭習慣了，就是會懷念起那座牧場的東西吶。」

「哈哈哈哈哈，長鱗片的也愈吃愈精了啊！喂，嚙切丸。你呢？」

「能吃就好。」哥布林殺手說完，微微往旁瞥去。

目光所向之處，可以看見牧牛妹和其他幾名女子促膝而坐，撕下麵包往嘴裡送。

隔著鐵盔看去的視線，和她頻頻瞄過來的視線，一瞬間交會了。

「……也不至於到這樣。」

哥布林殺手補上這句話，視線落到手邊。

他以小刀用力削整木頭，似乎在製作某種器具。

器具分為兩種，一是刻有奇妙溝槽的短木棒，二是前端削尖的長柄木棒。

哥布林殺手完成一件有溝槽的器具，馬上又用刀刃抵住長柄的前端。

順便偷個懶以單手接過麵包，從頭盔縫隙間塞進嘴裡咀嚼，結果……

「欸，沒規矩。」

牧牛妹立刻喝斥。

「不好好吃怎麼行呢？」

「抱歉。」

哥布林殺手朝她一瞥，把剩下的麵包一股腦兒擠進頭盔裡。

然後再度把視線落回手上，埋頭作業。

牧牛妹「你喔實在是……」地發著牢騷，礦人道士賊笑著湊過來看他手上的東西。

「這玩意兒，是槍嗎？」

說著興味盎然地撿起其中一根。

乍看就是根沒有任何特異之處的尋常木槍。一柄前端甚至沒有安裝槍尖的簡易手製武器。

「憑我的本領，箭穿不進水裡。就算要投擲，木筏上也沒石子可撿。」

哥布林殺手將輕輕抬起的槍尖舉向太陽，仔細檢查。

接著似乎覺得不夠，再度開始用小刀把前端削得更尖。

「得預作準備。」哥布林殺手頓了頓。「比平常更需要。」

「啊啊，那件事嗎？我也聽說啦。」

礦人道士面露難色，丟下槍，盤腿重重坐下。

他從腰間的酒瓶上拔去瓶塞，把火酒倒進從懷裡掏出的杯子，遞向哥布林殺手。

見他像要撥開飄散的酒精香氣般揮手後，礦人道士就自己將酒一飲而盡。

「船沉了……所以你認為那不是意外？」

「最好這麼想。什麼事都一樣。」

前往上游的船隻當中的例外——

那就是冒險者。又或是少數和森人建立起友誼的商人、獵人或藥師之類的訪客。

就不知其目的是去探索遺跡或洞窟，還是請森人睜一隻眼閉一隻眼、獵捕野獸或採集稀有藥草。

乘著木筏溯溪而上的他們，最終並未回來——這件事本身，嗯，是有可能發生。

會得知他們的船沉了，也只不過是因為森林中的森人好心將漂流物送來。

雖然也有些口無遮攔的人，會沒憑沒據地暗中說些「是森人弄沉了船」之類的話。

「也許是哥布林。」

哥布林殺手以毫無疑慮似的語氣這麼說道，往妖精弓手的方向瞄了一眼。

她正瞇起眼睛，大口吃著剛才拿到、稱不上什麼好貨色的奶油麵包，一雙長耳頻頻搖動。

「嗯～在第一次待的地方吃的飯果然很棒呢。」

她捧著臉頰，哈呼一聲吐了口氣。女神官望著她那松鼠般的動作輕笑出聲：

「就是說呀。因為一直以來都住在神殿，所以我也明白那種心情。」

「對吧，之前經過這裡都是徒步走在岸上，搭船旅行還是第一次呢。」

雖然是木筏啦──妖精弓手說著，豎起食指在空中畫了個圓。

「啊，」女神官輕叫一聲，秀氣地將撕成小片放進嘴裡的麵包嚼碎、吞下：

「這裡是那座堤防嗎？」

「沒錯沒錯，就是那座堤防。」

距離兩人泡著溫泉、仰望星空聊天，也已經是半年前以上的事了。

「哎呀，這話是指什麼呢？」

櫃檯小姐說著，興味盎然地歪頭探出上半身。

女神官與妖精弓手見狀，故意裝傻似的抿嘴看向對方。

「是指什麼呢？」

「是什麼咧～？」

兩人之間的祕密──要這麼說或許太微不足道，做為回憶仍具有賣賣關子的價值。

見妖精弓手樂不可支地晃著長耳朵，櫃檯小姐不由得瞇起眼。

「看來下次面談時得嚴格審問一番呢。」

「這樣難道不算濫用職權嗎？」

「畢竟太讓人痛心了，沒想到您這位冒險者對平日總是坦誠相待的我，居然會有所隱瞞！」

接洽過成千上萬冒險者的櫃檯小姐，聽了妖精弓手的薄弱反駁完全面不改色。

而論年齡沒上萬也有兩千的妖精弓手照理要能抗衡，卻只會咕啜啜地發出呻吟，苦思不著對策。

「啊，不過，我也想聽聽看耶。」

也稱不上是要打圓場，只見牧牛妹笑咪咪地拍了下雙手。

「關於城鎮外的話題——想聽很多很多！」

「喔喔，這樣的話……雖然是我遇見歐爾克博格前的事啦。」

牧牛妹的提議，打開了冒險故事的話匣子。

哥布林殺手的視野一角，不時可瞥見她滔滔不絕、大呼小叫的模樣。

妖精弓手搖著長耳朵，動作誇張地連說帶演，牧牛妹在一旁笑吟吟聽著。

櫃檯小姐則不知爆了冒險者公會什麼料，「要保密唷」地竊竊私語，讓女神官聽得雙眼圓睜。

哥布林殺手將做好的十幾根木槍綁成一綑，把木工器具塞回腰帶。

「閘門開了就換手吧。」

蜥蜴僧侶回答時尾巴一拍，拍得木筏搖動，讓女生們尖叫嬉鬧起來。

「明白，明白。」

不久閘門開啟，木筏與水一起流進溪谷之間。

「嗚、哇啊……」

真不知有多少歲月，削鑿過這片大地。

這條河正是時光留下的爪痕。

看似一塊巨岩的山谷，形成了多重紋路堆疊的層積狀。

這座從神代就存在的山，被河水花了同樣悠久的歲月鑿穿了。

連陽光都遮住的影子所落下的巨岩縫隙間，有溪水聲迴盪，有風兒吹拂。

原來如此，會有人稱森人之村為幽世或影之國，也並非無法理解。

這裡已經不是命定者（Mortal）的領域。

「好厲害……！」

木筏穿針引線般從巨大岩石間駛過，也難怪牧牛妹會驚呼。

四方世界裡，多得是她作夢也想像不到的事物。

「再過去就是我的故鄉！」

妖精弓手穩穩站在被白浪搖動的木筏上，竭盡所能挺起平坦的胸部。
「哼哼，如何！連礦人也打造不出這種景象吧！」
「畢竟這是天神的本事。是我們揮動鑿子和槌子想刻下的至高目標。」
礦人道士捻了捻鬍鬚，說得不太高興。
「但這也不是森人做出來的吧。」
「唔嘰！」
妖精弓手豎起長耳朵，一如往常地和礦人道士針鋒相對。
身旁眾人都已經習慣，比起看他們兩人鬥嘴，目光更加被景觀所吸引。
女神官發出「齁欸……」之類看呆了似的聲音，連連眨眼。
「好厲害呀……」
「我在公會的資料上讀過，不過，親眼目睹真的很驚人呢。」
櫃檯小姐頷首贊同，牧牛妹也在她身旁「我也是」地跟著點頭。
「嚇了好大一跳。欸──」
──你覺得呢？
牧牛妹想問出的這句話，並未離開她的嘴脣。
回頭看去，佇立在木筏後方的他，正直視溪谷的遠處。
「你怎麼看？」

哥布林殺手一邊接過長篙駕馭木筏，一邊低聲發問。

蜥蜴僧侶一邊以奇妙的手勢合掌思索，一邊毫不大意地讓雙眼往上下左右掃動。

「唔，不是上，就是下吧。」

「嗯。」

「若是海上還不敢說，但河裡不會有什麼巨烏賊（Kraken）。」

「巨烏賊，」哥布林殺手複誦。「是指。」

蜥蜴僧侶轉了轉眼珠子。

「總之，十之八九會從上面來吧。」

「知道了。」

她從未見過他這種模樣。

看起來與平常毫無二致，但就是有些不同。

牧牛妹雙手在豐滿的胸前交握，壓抑自己的悸動。

她吞了吞口水，正當想再度開口時——

「……啊。」

「慢著！」

妖精弓手發出了清新的喝阻聲。她已經搭箭上弓，微微拉緊。

經她這麼一喊，冒險者們立刻視線交會，開始行動。

女神官用雙手牢牢握住錫杖，礦人道士手伸進裝觸媒的包包。

蜥蜴僧侶將龍牙握在掌中，哥布林殺手握持長篙，壓低姿勢。

「把帆放下說不定比較好。來幫個忙。」

「啊，好的，馬上來……！」

礦人道士一邊瞇起眼睛瞪著太陽，一邊伸手去收帆，女神官已經立刻跑了過去。

哥布林殺手一邊小心控制篙，一邊看向兩名女子。

「趴下，頭蓋上毯子。」

「啊，嗯、嗯，知道了……！」

聽到他尖銳的呼喊，牧牛妹連忙點頭。她翻找行李，拉出毛毯。

「來這邊……快點！」

櫃檯小姐面露緊張神色，已經拿出了自己的毯子。

兩人裹在毯子裡縮起身，感覺得出對方在微微顫抖。

不，自己明明也在顫抖。

不懂。不懂歸不懂，她們仍伸出手緊緊互握。

蜥蜴僧侶雙手抱胸，擋在她們上面。

「……果然是在崖上嗎？」

「大概。要來了……有東西，數目……很多！」

妖精弓手用力拉緊弓弦，忙碌地上下擺動長耳朵，尋找聲響的來源。

下一瞬間，就有多如雨點的岩石伴隨著狼號聲，從溪谷上方落下。

§

「『慈悲為懷的地母神呀，請以您的大地之力，保護脆弱的我等』！」

最先握緊錫杖進行祈禱的人是女神官。

不保護虔誠信徒的地母神當然不存在，隱形力場轉眼間就遮住了整個木筏。

落在力場上的岩石與棍棒應聲彈開，接連落在水面，激出水花。

「如、如果是這種程度，可以就這樣一路……？」

女神官才剛額頭冒著汗說出這句話，咻一聲飛來的箭就讓她心膽俱寒。

出現在崖上的，顯然是某種有知性的敵人。

在稜線邊緣上飛馳而過的黑影。

妖精弓手單膝跪地維持姿勢，拉著弓凝神觀看。

野獸的咆哮。

低喘。

腳步聲。

不是蹄。

她忙碌地上下擺動長耳朵，探尋聲響。

曾經見過，曾經聽過，曾經對峙過。這是……

「哥布林……!?」

哥布林騎兵（Goblin Rider）。

窺見的醜陋臉孔，讓妖精弓手忍不住驚呼出聲。礦人道士吼了回去：

「這不是妳的故鄉嗎！」

「我哪知道！」

「果然是哥布林嗎。」

哥布林殺手淡淡說著，將篙往蜥蜴僧侶推去。

「麻煩你操舵。」

「明白！」

有蜥蜴人的膂力，相信需要做出多少有些蠻幹的操控也沒問題，最重要的是他沒有遠程攻擊可用。

蜥蜴僧侶用接過的篙往河底一撐，木筏因此猛然前進一大段，咿呀作響。

「臭傢伙……！」

儘管木筏搖動，妖精弓手仍以優美的姿勢拉緊弓弦，幾乎是垂直射出箭。

箭穿透神聖的守護抵達天頂，靠下墜補足失去的速度，往崖上消失。

「GORRB!?」

緊接著，一隻小鬼在渾濁的哀號聲中落馬——不，應該說是落狼，跌下山崖。

他的屍骨在斜坡上彈起兩次，重重摔在甲板上，讓木筏劇烈搖晃。

「咿!?」

「呀……!?」

櫃檯小姐與牧牛妹在毯子裡發出壓抑過的尖叫。

沉默的小鬼屍骨身上不只插著箭，頭蓋骨也碎裂，滴著黑褐色的血。

即使平常就聽慣了各種冒險事蹟，一旦實際目睹殘酷的死……

「怎麼了。」

哥布林殺手拔出劍，無情地將小鬼的屍體踢進河裡。

屍體發出噗通一聲，沉入水中。

牧牛妹目送屍體下沉，以微微破音的聲調開了口。一隻手仍握著櫃檯小姐的手。

「我、我不要緊……！」

「——那就好。」

哥布林殺手朝牧牛妹她們瞥了一眼後，將拔出的箭拋給妖精弓手。

「不確定能否解決。先把箭頭弄鬆。」

「……我覺得那招有夠陰險的說。」

妖精弓手厭惡地說著，但接過箭後仍用力轉了轉樹芽箭頭。

即使不是鐵，一旦箭頭留在體內，就會從傷口開始腐敗，讓疫情在巢穴中蔓延。

這是哥布林殺手的巧思，可是妖精弓手不喜歡這樣的作風。

「……嘿、咻！」

振弦聲再度響起，箭接連飛往崖上。三枝箭，兩次哀號。沒有小鬼摔下。

妖精弓手啐了一聲，哥布林殺手在她身旁拿起木槍，把槍尾抵在有溝槽的短棒上。

蜥蜴僧侶見狀，一邊操縱篙，一邊發出「哦——」的一聲。

「竟然是擲槍器，小鬼殺手兄用的這玩意可真令人懷念。」

「你知道嗎。」

「在貧僧的故鄉，戰奴就很常用。」

蜥蜴人乃肉搏戰至上的種族，連投擲武器都不愛用。更重要的一點，投擲是凡人的技能。

圃人（Rare）的擲石也有其可觀之處，但圃人原本就厭惡戰事。

團隊中礦人道士也會用投石索（Sling），但他的主武裝應該是魔法與短斧。

「丟得到嗎!?」礦人道士開口問，哥布林殺手回了句：「沒有問題。」

「既然這樣……！」

礦人道士從觸媒袋裡，拿出裝有某種液體的小瓶。

他拔去瓶塞，將糖漿般濃稠的藥液倒進河中，聚精會神地念誦：

「『盛宴的時間到囉水精（Undine），縱情唱歌跳舞吧』！」

轉眼間水花化為美麗少女的輪廓，開始讓河水逆流。

不對，不是整條河。

只有撐起木筏的部分河水逆流了——是「使役（Control Spirit）」。

「畢竟我跟水精不是很合。」礦人道士瞪著水面大喊。「可快不到哪兒去！」

「很夠了。」

哥布林殺手說完，木槍從手中飛出。

勾在擲槍器上的木槍，隨著他手臂一揮，以非比尋常的速度朝天升去。

接著傳來一陣刺耳哀號——不是小鬼。木槍射中了小鬼所騎的狼。

「這樣是碰運氣啊。」

哥布林殺手忿忿地丟下這句話，將下一把木槍安到擲槍器上。

「連哥布林的數目也不知道，這樣殺不完。」

「方法貧僧是有。」

蜥蜴僧侶保持護著牧牛妹與櫃檯小姐的站姿操縱篙，瞇起了眼睛。

「小鬼殺手兄，目的不放在殲滅而是脫身，可以嗎？」

「當然不可以。但……」

哥布林殺手將下一把木槍安到擲槍器上，手臂一揮。

木槍轉眼消失在崖上，傳來「嘎嗚！」一聲慘叫。

「GOORARB……!?」

哥布林從狼背上跌落，一路從崖上摔了下來。

小鬼的屍骨掙扎著落在河面上，濺起盛大的水花後沉沒。

「度過眼前狀況再說。」

這樣就是兩隻。哥布林殺手拿起下一把長槍。

「防禦呢？」

「還……可以！」

女神官擠出聲音回答，拚命在木筏上踏穩腳步，舉著錫杖。

現階段，獨自肩負起整支團隊防禦重擔的，就是這名嬌小的少女。

隱形的力場是天神所賜下的奇蹟，但神蹟需要靠她的祈禱來維持。

接連灑落的攻擊不但多，且毫不間斷，讓她很快就氣喘吁吁，膝蓋也已經發軟。

這種直接向天上懇求的祈禱，她一天能夠進行三次，足見她的優秀。

「嗚、啊……！」

然而，極限還是到了。

就在她忍不住透了一口大氣的瞬間，神聖的防護終於轉為薄弱。

但她全力調整乾澀的呼吸，手握錫杖，纖細的雙腿用力撐住。

「我要重新祈禱一次……！給我，一點時間！」

「拜託了。」

哥布林殺手舉起盾牌，擋開貫穿屏障飛來的碎石。

樹枝、石塊、岩石，其中還參雜了箭。

乒乒乓乓打在木筏上的多種攻擊，讓木筏劇烈傾斜。

「唔……！」

蜥蜴僧侶不及細想，甩動手上的篙，讓木筏往相反方向修正，但波浪般的水流潑在木筏上。

「哇啊、噗!?」

「啊、呀呀……！」

牧牛妹與櫃檯小姐的毯子被大浪打到，雙雙發出尖叫。

她們差點被拋了出去，最後總算驚險地互相抓緊對方，拚命撐住。

櫃檯小姐朝瞥來一眼的哥布林殺手揮揮手告知平安，隨即眨了眨眼。

不知不覺，木筏上已經滿是殘骸——看似木片之類的東西，數量相當多。

是那些哥布林丟下來的嗎？不，不是這樣。

仔細一看，才發現這一帶水面上漂著大量的木片或殘骸。

其中甚至有完好的木桶，在河中載浮載沉。

「呶、唔……！」

蜥蜴僧侶豪邁地撐船改變軌道，結果撞上桶子，木筏因此激烈搖動。

又是一陣波浪灑下，毫不留情地打溼了冒險者，讓木筏漸漸進水。

「……啊……」

就在這時，櫃檯小姐看見了**這個物體**。

一顆白色的——人的頭蓋骨，滾到了她眼前。

正要用顫抖的手指撿起，頭蓋骨就被水淹沒、沖走。

她茫然目送頭蓋骨消失，跟著看見了無數用繩子綑綁而漂在河上的殘骸。

「情況，可能不妙。」櫃檯小姐喉頭顫抖。「他們打算把木筏弄沉……！」

溪谷中重重迴盪著那些哥布林刺耳的鬨笑聲，餘音不絕於耳。

「GRROB！GOORRB！」

「GROBR！GOOORRRB！」

對這些哥布林而言，本來就沒必要把冒險者殺個精光。

他們用大塊岩石把船弄翻、弄沉，再拿船的殘骸來當障礙物，讓船觸礁。

只要木筏翻覆，那就夠了。

他們大可指著溺死的傢伙嘲笑，對活下來的人就從上方攻擊，玩弄到死。

那幾艘逆流而上卻下落不明的船，走上什麼樣的末路，已經顯而易見。

「啊啊，真的是──又吵，又礙事……！」

妖精弓手忿忿地擺動她的長腿，濺出水花把殘骸踢下木筏，但效果薄弱。

無論石頭還是殘骸，那些小鬼只要不斷從上面往下扔就行了。

礦人道士一邊忿忿地吼叫，手上一邊結出複雜的法印。

「我叫水精把這些從木筏上撥開，妳好歹射個箭吧！」

「什麼叫好歹啦！好歹什麼！」

美麗的水精在木筏上踏出水花飛濺的舞步。

隨著那美妙的動作，散亂的壓艙石等物體都被一股腦沖走。

所有人從頭到腳都溼了，但木筏總算穩定下來。

然而，這也只是聊勝於無。

漂在河面上的障礙很多，水下則堆滿了殘骸，既然如此，木筏恐怕輕而易舉就會翻覆。

「……在闇門學到的嗎。」

哥布林殺手念念有詞，把第三柄木槍擲往崖上。

不必細看也知道結果，因為並未聽見慘叫。

這些哥布林巧妙地用懸崖遮蔽身體，一邊騎著狼隨行，一邊持續攻擊。

山壁聳立的溪谷，從中流過的河川。這裡除了沒有天花板，實質上就是——

「就像傻傻踏進了巢穴啊。」

哥布林殺手低聲咒罵，用木槍打斷插在盾牌上的箭。

「慈、慈悲為懷的地母神啊……！」

這一切，女神官都看在眼裡。

出於一個並非來自祈禱耗損體力的理由，讓她膝蓋發抖、搖晃。

喘不過氣。只能從喉頭發出聲音，舌頭卻打結。

腦袋昏昏沉沉，視野模糊不清。

手指不聽使喚，費了九牛二虎之力才沒讓錫杖脫手。

——怎麼辦——……？

繼續祈求「聖壁」，保護大家就好了？老是這樣。自己就只會這一招嗎？

自己能做什麼？要如何才能度過眼前這道難關？

牙齒咯咯作響。她拚命咬緊牙關，無數記憶在腦海中復甦，她閉上眼睛，揮開雜念。

「……啊。」

就在這時，腦中閃現一道天啟般的靈光。

女神官睜開了眼睛。顫抖的嘴脣，就像受到冥冥中的引導，編織出禱詞。她舉起錫杖：

「『慈悲為懷的地母神啊，請以您的御手，潔淨我等的汙穢』！」

天神是偉大的。

地母神從天上伸出的手，掬起河水，除去了汙穢。

一碰到這些光，水就變得清澈，汙濁散去，惱人的氣泡也逐漸消失。

還不只如此。漂浮在河水上的穢物也被掃蕩殆盡，**得到了淨化**。

「……哇噢。」

妖精弓手長耳朵一振，連連眨眼。

因為她親眼目睹了如假包換的淨化（Purify）神蹟。

「妳啊，有時會做出好厲害的事情耶。」

「不是我，是地母神……雖然，有點吃力。」

女神官忍著直接對天上祈求神蹟所造成的頭痛，上氣不接下氣地說：

「趁現在，拜託……了。」

「GRR!?」

「GOORB!?」

撞見這樣的事態，哥布林也不免亂了陣腳。

畢竟他們所準備的各種陷阱，被一項無法理解的行動給消滅了。

叫嚷聲迴盪在溪谷中，在在顯示他們的混亂。

哥布林殺手不會放過這個空檔。

某隻哥布林忍不住探出頭來，被木槍從正下方從下顎貫穿到後腦勺。

隨即噴著血摔落到河面——屍體被地母神的手加以淨化。

「之後查出巢穴再把這些傢伙殺乾淨。」哥布林殺手點點頭。「交給你了。」

「明白！」

蜥蜴僧侶篙一撐，讓木筏強而有力地乘上水精的流向，張開了顎。

他深深吸氣，以肺腑蓄力。蓄積那君臨世上流轉萬物的、最可怕的龍之力。

「『偉大的暴龍呀，君臨白堊之園，將您的威儀借予我等』！」

「龍吼(Dragon's Roar)」的轟隆巨響，響徹整座溪谷。

豈止這些哥布林，這世上又哪有動物聽了龍的咆哮還能不害怕？

「GOORBGROB!?」

「GRORB！」

狼群膽怯的嗷嗷哀號中，還參雜著哥布林的叫聲。

就算是小鬼騎兵，小鬼終究是小鬼，不會是出色的騎手。

他們拚命想安撫坐騎，卻是白費功夫，狼群只顧夾著尾巴逃走。

有的小鬼被逃竄的狼甩下，有的則牢牢抓住，連滾帶爬地作鳥獸散。

冒險者們壓低聲息，毫不大意地警戒崖上。

他們在潺潺河水中，小心翼翼撐著船逆流而上。

過了一刻，兩刻，從溪谷中吹過的風也漸趨和緩。

所向之處，有著鬱鬱蒼蒼、枝葉繁茂，經過幾千幾萬年滋長的古樹，張開了手臂。

女神官緊緊抓住錫杖，對地母神獻上鎮魂的祈禱。

穿過溪谷後，眾人已經踏入森人的領域。

四濺的火花劈啪作響，在空中留下弧線，舞動著升向天空
承接住火蜥蜴之尾的天空，已經相當紅了。

§

他們驅散小鬼，穿過溪谷後過沒多久。
早已通過天頂的太陽，從樹林另一端，漸漸落入西方的盡頭。
冒險者們在這樹海的入口，將木筏停在妖精弓手所指的河畔。
她說還得花上一些時間才走得到村落。既然如此，與其強行軍，還不如紮營休息。
「……真沒想到這麼快就要拿出來穿了。」
「早知道會溼成那樣，先穿上反而好吧！」
「呵呵呵。畢竟要不是遇到這種情形，也沒機會……啊，您知道怎麼穿嗎？」
「嗯，沒問題沒問題，我不懂的其實是穿這東西的意義。這樣對不對？」
女生們把繩索綁在樹幹之間，上頭掛了毯子，在後頭發出嬉鬧聲。
畢竟足足有四個人，自然比平常更加聒噪。
過了一會兒，毯子被從內扯下，出現的是四名各自穿著不同泳裝的女子。

「……明明要洗澡卻得穿衣服，實在無法理解。不能脫掉嗎？」
妖精弓手顯得十分窘迫，難得表現出難為情的模樣，用手撥弄頭髮。
「怎麼會」對此最先出聲回應的，是蜥蜴僧侶。
他停下手邊工作，眼珠子一轉，一副賣足了關子的模樣開口：
「貧僧雖不明白沒鱗片的肌膚哪裡好，但這種服裝應該也不錯。」
「是嗎。」
那就別計較了吧。妖精弓手似乎接受了，微微點頭嗯了一聲。
礦人道士原本正打算展開一貫的冷嘲熱諷，不知想到什麼，哼了一聲閉上嘴。
返鄉路上有個地方可以玩樂一下，又何必無謂地壞她心情？
「……算了，如今還去管那些長耳朵的怎麼打扮，根本自討沒趣。」
「就是說呀。我真有點羨慕……」
手按臉頰、輕輕嘆氣的櫃檯小姐並未顯得害羞。
想當然，以她出身的階層，從小接受的教育就不認同暴露肌膚。
所以要說沒羞恥心就是騙人了，但這是兩碼子事。她從不怠忽平日的努力。
就算被看也毫不丟臉——這和躲在她背後的女神官大不相同。
「啊、啊嗚嗚嗚……」
看在滿臉通紅、縮在一旁的她眼裡，自己那幼小又寒酸的身體簡直不能見人。

雖說與之前在收穫祭上披掛的服裝沒差多少，一旦和別人排在一起，就更覺得難堪。

畢竟和她暗地裡——自認如此——崇拜的魔女，連比都沒得比。

會希望有朝一日變得跟她一樣的這份嚮往，來自於目標的遙不可及。

「沒事沒事。」牧牛妹呵呵笑著，拍了拍女神官的肩。

從牧牛妹的角度來看，這女孩就像個妹妹，而且也覺得她嬌小纖細的體型很惹人憐愛。

反觀自己平常都在活動身體，總覺得肉稍微多了些。

牧牛妹試著扭腰，以難以言喻的表情歪了歪頭。

「你覺得……怎麼樣？」

「就算妳問，我也不太清楚。」

哥布林殺手一邊回答，一邊將四根削成長槍的木棍插在地上，形成一個方形。

從鐵盔確實朝向女性們這點來看，並非不屑一顧的無禮態度。

只是要說對他的感想滿不滿意，則又另當別論——……

「雖然我認為應該算好看。」

傷腦筋。

牧牛妹嘆了口氣。

他隔著鐵盔朝自己瞥了一眼後，又立刻撇開目光，這點隱約看得出來。

她臉頰一鬆，心想真沒辦法。

「你啊，對女人心這種東西，是不是該多學著點？」

「是嗎。」

「哎，我倒覺得哥布林殺手先生維持現在這樣就好。」

一旁的櫃檯小姐瞇起眼，嘻嘻笑了幾聲。

希望他多關注自己一點，相對的，這種頗有他風格的態度也令人雀躍。

──畢竟他說「應該算好看」啊。

以他的情況，相較於華麗詞藻，這種看似冷淡的話更具說服力。

「……比起好不好看，被看太久會、很害羞吧？」

所以到這就好。女神官把嬌小的身體縮得更小，撇開目光。

她的臉頰會紅，並非全是夕陽映照的緣故。

妖精弓手像要推她一把似的，猛然探出上半身。

「所以，去河裡抓幾條魚來就行了？」

「嗯。」

「雖然我是不吃啦。」她說話之餘，視線朝四周掃了一圈。「真沒辦法。」

妖精弓手故作無奈，卻又開心地搖動長耳朵小跑步，踢得水花四濺。

幾名女子在河畔嬌聲打鬧玩耍，蜥蜴僧侶在一旁看著，正經八百地點頭：

「來，葉子有這樣的量應該足矣。」

他搖著雙手抱來的大量寬樹葉，用舌頭舔了舔鼻尖。

「趕緊堆上去吧，天就快黑囉。」

「知道了。」

哥布林殺手說著站了起來。

「那就先架上面的橫梁。」

作業非常單純。

以插在四角的木棒為支架，上下各四邊共穿過八根橫梁，牢牢固定。

接著將更多木棒架在下段當成地板，上段則鋪上葉片充當屋頂。

沒什麼稀奇，就是一種高架式的簡易避難所。

眾人雖有攜帶帳篷，但只要想到毒蟲、毒蛇或淹水的風險，就不可能愚蠢到在叢林中緊貼著地面睡覺。

他們按性別區分，一共搭了兩間這樣的木屋。若是平日的五人組姑且不論，現在是男三女四。

「不過啊。」

礦人道士望向不顧河畔工程、在水邊嬉戲的女生們說了。

他的身高不夠，因此負責生火。

雖說用火這檔事無人能出礦人之右，但對上精靈的守護可就十分不利。

於是礦人道士很快就放棄堆篝火，從懷中取出了一片平坦的石片。

「『跳舞吧跳舞吧，火蜥蜴（Salamander），把你尾巴的火焰分一點給我』！」

他雙手捧著石片專心念誦，隨即完成了「點火（Tinder）」的火石。

火石被加熱到通紅，讓他燙手地連連拋起。只要用石頭圍住火石，就足以代替火堆。

以這種方式完成的火堆，照亮了團隊。

此刻他們雖在火堆上烤著衣服，但想必很快就會換成烤魚。

「……讓那些小丫頭去玩，會不會太缺乏戒心了點？」

「警戒由我來就好。」

哥布林殺手排完一組要做為地板的橫木，邊搬起另一組邊回答。

「況且，我想讓她們透透氣。」

他用力把木棍插進地面，同時將鐵盔微微轉向牧牛妹與櫃檯小姐。

接著也轉向了興高采烈拉著女神官去捕魚的妖精弓手，低聲沉吟。

「畢竟是故鄉吧。她的。」

「呵呵，因為方才實在沒那種餘力啊。哎呀呀，技窮技窮，貧僧本領還不到家。」

蜥蜴僧侶露出牙齒笑了笑，等橫梁架妥，馬上把葉子堆上去。

「不過小鬼殺手兄，實在是位慈母龍(Maiasaura)般的人吶。」

「……什麼意思？」

「不似外表給人的印象，頗具體恤之心的意思。」

「那麼高尚嗎。」

哥布林殺手吐出一口氣。

「你覺得我有那麼高尚嗎。」

「就好比真銀(Mithril)也不曉得自己價值連城唄。」

礦人道士一邊說，一邊拿木棍輕輕往火石戳了戳。

躍動的火蜥蜴張開大嘴咬上木頭，還滋滋作響地噴出熱氣。

「再說你看看那個長耳丫頭。」

籠罩著熱氣的樹枝指向河面。

所指之處可以看見妖精弓手為了捉魚，捧著雙手往河裡撈的模樣。

她一個失手，濺起盛大的水花噴在女神官身上，惹得對方一陣尖叫。

牧牛妹見狀哈哈大笑，也連聲看招地對櫃檯小姐潑起水來。

或許是捕魚不順就膩了、放棄了，只見妖精弓手馬上拖女神官下水……

「她可壓根沒把自己當上森人（High Elf）喔？」

礦人道士將笑容藏在鬍鬚下，樂呵呵道。

「不管怎麼說，此處已經是森人的領域。」

蜥蜴僧侶在火石旁盤腿坐穩，長了鱗片的雙手互搓。

只要完成睡覺的地方，之後就只需等候她捕魚的成果。肉和魚都是他愛吃的東西。

「貧僧認為，那些小鬼倒也沒這麼容易出手。」

「你這麼想嗎。」

哥布林殺手也學蜥蜴僧侶，在原地坐下。

「我以前也這麼想。」

「……是喔？」

礦人道士半翻白眼地聳聳肩膀，拿起了腰間的瓶子。

他拔開瓶塞，把酒液往懷裡取出的杯子倒個不停，然後用力遞出。

「哎，總之喝吧。別醉倒就是了。」

「……」

哥布林殺手看看酒杯，又看看礦人道士。

接著看看在河裡玩水的幾名女子。

看到牧牛妹發現他的視線，大動作朝這邊揮手。

哥布林殺手點頭。

「啊啊。」

沒多久，「抓到啦！」的一聲大喊傳來，一行人的晚餐有了著落。

大概是不想只有自己一個人被排擠，妖精弓手幫忙捕到的魚共有七條。

礦人道士哼了一聲，也不挑剔，把七條魚串好拿去火烤。

包括女性們在內，一共七個人圍成一圈，坐等魚慢慢烤熟。

幾名女子起初還顯得難為情，但大概是戲水時玩著玩著習慣了，現在也只披著一件毯子。

畢竟晾在火石附近的衣服還沒乾，備用的換洗衣物在抵達森人之村前也得省著用。

她們一邊擦拭身體，擦去頭髮上的水氣，迫不及待地等著餐點備妥。

「也罷，看在心情好的份上。」

說著礦人道士從塞滿觸媒的包包裡取出的，是好幾只不同的小壺。

他打開壺蓋，鼻子湊過去嗅清楚氣味，接著依序抓出一小把灑了上去。

不一會，等泌出的油脂滴到火堆上爆開……

「差不多咧。」

礦人道士說著，俐落地發給每人一條魚。

只不過是串起來烤就飄散出這種香味，應該是拜香料所賜。

妖精弓手把臉湊向遞過來的魚，聞了幾下，朝礦人道士瞪去一眼。

「……這我不能吃耶？」

「只是圖個熱鬧，拿著吧。妳不吃，有別人會吃。」

「唔……」

妖精弓手垂下長耳朵，看著魚白白的眼球，隨手朝女神官一扔。

「哇、哇、哇！我、我吃不下兩條啦！」

見女神官被這剛烤好的魚弄得手忙腳亂，妖精弓手像隻貓似的瞇起雙眼。

「有什麼關係？明天就要吃大餐了，先習慣一下嘛。我吃杏桃干就好。」

「……既然這樣，我反而更想留點肚子。」

女神官怨懟地瞪著妖精弓手，但對方只當耳邊風。

她對烤魚連連吹氣，張開小小的嘴吃了起來。

一口咬下，帶著淡淡苦味的油脂就透進舌頭，配上鹽的鹹香，一口氣在嘴裡蔓延開來。

「嗯～」女神官臉頰微微放鬆，笑咪咪地歪著頭：「已經，很近了嗎？」

妖精弓手點頭回說是啊，把從行李中翻出來的杏桃干往嘴裡扔。

「目前大概在村落和森林的界線上？說不定他們會發現我們。」

「新娘是妳姊姊對吧。」

牧牛妹豪邁地大口咬著魚，說了聲「好好喔」按住臉頰。

「森人的新娘子，一定很漂亮……」

「那還用說～」

妖精弓手哼哼兩聲，當成在誇自己似的挺起平坦的胸膛，敞開雙手：

「姊姊很漂亮喔！畢竟她是上森人嘛！」

「說得好像妳不是。」

稀哩呼嚕從魚頭吃起的礦人道士不禁吐槽，但現在的她顯得完全不放在心上。

「呵呵呵。要是也歡迎蜥蜴人就好了吶。」

蜥蜴僧侶張開大嘴，一口就把整條魚吞下肚，打了個嗝。

他從自己的行李中拿出整塊乳酪，隨手用爪子切下一點，串起來火烤。

布滿鱗片的雙手迫不及待地互搓，直到起司融化為止。

櫃檯小姐看著他說了句「您好喜歡乳酪呢」，一邊氣質十足地小口吃著烤魚。

「不過，在先前的戰事裡雙方就建立過合作體制。至少我所聽說到的是這樣……？」

「不巧貧僧對政事很生疏。」

「熟悉也沒什麼好處喔，老是一大堆麻煩事。」

非考慮不可的事情會變很多。櫃檯小姐含糊地笑著，想來她也有不少勞務要煩心。

聊起來才發覺彼此之間——冒險者與職員之間，都不太清楚對方平常工作的情形。

冒險的危險以及文書工作的艱辛，要對雙方都有所了解，這樣的機會沒那麼容易遇到。

「這趟旅程，帶來了很好的經驗呢。雖然剛才還真有點可怕。」

「等到了村裡，我會好好跟他們抱怨。」

對不起喔。妖精弓手垂下長耳朵，一臉過意不去。

「『給我做好警戒工作！』這樣。」

「我也得向令姊好好打聲招呼才行呢，告訴她平常承蒙您妹妹照顧了。」

聽櫃檯小姐這麼說，妖精弓手難為情地搔了搔臉頰。

「姊姊是不要緊啦，哥哥就……」

「妳還有哥哥。」

哥布林殺手從頭盔縫隙間小口吃著魚，這時低聲問起。

妖精弓手簡短地回答說是表哥，用食指在空中畫圈。

「呃，凡人是怎麼稱呼的？女婿？」

「結婚對象嗎。」

「就是那個。」

她點點頭，又把一粒杏桃干扔進嘴裡，仰望天空。

從樹林間看見的天空，已經蓋上黑羅紗，只有少許孔洞透出閃閃星光。

妖精弓手如歌唱般說，森人認為那是雨的入口。

「哥哥他啊，從以前就最喜歡姊姊了，可是在她面前老是囂張得不得了。」

「呵，就只有自尊心高到不行，是個典型的森人啊。」

「就是說啊。」

妖精弓手嚴肅地贊同礦人道士的說法。

「真的是一副徹頭徹尾的森人樣呢。」

「可是，他們要結婚，也就表示……」

女神官食指按在下巴細細思索，接著恍然大悟地啊了一聲，笑逐顏開。

「妳姊姊察覺他的心意了吧？」

「其實根本就明顯得很。真不明白姊姊到底覺得他哪裡好，明明那麼難搞。」

妖精弓手發出鈴鐺滾動般的笑聲，抱住了膝蓋。

「你們知道嗎？森人求愛時會唱自己寫的詩喔。」

她一副要揭露壓軸祕密似的壓低音量，笑咪咪又壞心眼地說了。

「因為他想吹噓自己的英勇事蹟充數，我就巴了他一下，大肆修改一番。」

「喔喔？」蜥蜴僧侶愉悅地轉了轉眼珠子。「獵兵小姐操刀？」

「我直接丟給姊姊改。」

笑聲在眾人之間傳了開來。

妖精弓手表示這些話又不能在婚宴上聊，趁這個機會接連說起許多往事。

說起表哥想送禮物給姊姊，拖著她到處跑，想獵一頭鹿卻失敗收場。

說起表哥感冒遲遲不好，姊姊擔心得睡不著，反而被傳染。

說起姊姊難得烤餅乾失敗，表哥卻若無其事地全部吃完。

說起藥草、水果等一切的知識，都是姊姊教她的。

說起弓箭以及野外活動的本事，全是表哥一對一嚴格指導。

說起她提出要離開村子時，姊姊反對，表哥卻支持她——……

她在森林裡過了兩千年。

在沒有變化、沒有起伏、日復一日的歲月裡累積起來的無數回憶。

在這些天窮地盡之前都不會結束的故事與故事之間，哥布林殺手低聲說了。

「故鄉嗎。」

「對呀。」

「真不錯呢。」

「那當然了。」

妖精弓手像隻貓一般，笑吟吟地瞇起了眼睛。

「畢竟是心之所在嘛。」

哥布林殺手點頭。牧牛妹見狀，微微眨了眨眼。

「而那附近卻有哥布林。」

他的嗓音中，無疑透出了怒氣。

說奇妙，的確奇妙。

太陽才剛要升起，只在地平線的另一頭透出白色的光芒。

從上頭茂密的樹林間窺見的的天空，還很暗，很藍。

射進樹林間、微弱的黎明光線下，哥布林殺手翻找雜物袋。

背後的簡易臥室裡，隔著蚊帳傳來低沉卻響亮的打呼聲。

是蜥蜴僧侶和礦人道士。他們兩人還在睡。

就算礦人道士在吃早餐前都不會醒來，蜥蜴僧侶的清醒應該總是與黎明同時來臨。

至於女生們——相信女神官已經醒來，正在臥室裡獻上祈禱。

櫃檯小姐會在固定的時間起床，她說因為工作需要，早起是家常便飯。牧牛妹應該也差不多醒了。

而妖精弓手都會睡到有人叫醒她為止——所以輪的也是早班。

不讓施法者睡覺就太愚蠢了。那樣的團隊很快就會免不了全軍覆沒的命運。

因此值班警戒的工作，必然會由妖精弓手與哥布林殺手輪流。

輪晚班，對哥布林殺手來說是求之不得。

從深夜到黎明，他根本不會有一絲睡意。

而傍晚到深夜都可以交給別人，安心睡覺，是他這一年來所得到的、小小的……

「奢侈，吧。」

哥布林殺手把香草葉子塞進頭盔縫隙，用臼齒細細咀嚼。

苦味從喉頭透進腦子裡，促使意識清醒。他又一次用力嚼了嚼很硬的葉子。

沒錯，說奇妙，的確奇妙。

哥布林殺手重新抱住自己的劍，以便隨時抽得出來。

——哥布林在大白天，就成群攻擊人？

而且還是攻擊武裝過的冒險者——就算狀況對他們再有利，就算是奇襲。

這有可能嗎？

最重要的是那些狼群（Wolfpack）。

若只有哥布林也還罷了。那麼多坐騎，以及足以維持這些坐騎的資源。

——他們勢必擁有這些。

糧食、住處、裝備、娛樂——娛樂。
他們是基於這個目的才攻擊船隻？
就在森人之鄉的外圍。為了什麼才準備這些。
為了什麼？在圖謀什麼？
哥布林殺手不止一次，而是兩次、三次，一再嚼爛葉子。
思緒毫無脈絡地接連浮現，又像泡沫般破裂消失。
就在這時。
「給我起來！你們這些傢伙，當這裡是什麼地方！」
瑟瑟吹過的風聲中，一道典雅的嗓音喝問他們。
哥布林殺手反射性地握緊劍，跳了起來。
此時卻有一柄黑曜石刀刃指向他面前。
哥布林殺手以嫌麻煩到了極點似的模樣，抬頭看看這把石器大刀的主人。
這名威風地站在架高的地板上，掀開蚊帳、背負著地平線上陽光的來者是——……
「森人嗎。」
「正是。這裡可是我們的領域。」
以高姿態說出這句話的，是一位年輕又美貌的——森人全都如此——森人戰士。

他身穿皮甲，手上拿著大弓，腰間掛著箭筒，裡頭裝著有木芽箭頭的箭。

最醒目的是保護額頭的頭盔。這名森人戴著以真銀(Mithril)所製的閃亮頭盔。

戴閃亮頭盔的森人盯著哥布林殺手，打量了好一會兒，狐疑地皺起眉頭：

「……你拿這種劍有辦法好好戰鬥？」

「對付哥布林的話。」

哥布林殺手答得若無其事。

森人尖銳的視線從他那不長不短的劍，移向小小的圓盾、髒汙的皮甲，以及廉價的鐵盔。

「怎麼，你是蠻族的戰士？還加上礦人……」

「……也有蜥蜴人在吶。」

蜥蜴僧侶緩緩起身，以奇怪的手勢合掌。

才剛被拍醒的礦人道士毫不掩飾不悅的心情，坐在他身旁。

睡著時被森人偷襲，對礦人而言是足以羞憤至死的奇恥大辱。

戴閃亮頭盔的森人依序看了看三人，似乎大致猜到他們的來歷。

「冒險者之類的嗎……」

「就是這類。」

「……啊啊，昨天和那些哥布林戰鬥的就是你們吧。」

哥布林殺手上下輕晃他那髒汙的鐵盔。

「這樣啊。」戴閃亮頭盔的森人尖銳地瞇起眼，重新握好石刀。

「你們擊潰的殘兵敗將，已經被我們清理乾淨了。」

聽到戴閃亮頭盔的森人這麼說，哥布林殺手低聲沉吟。

讓疾病蔓延整個巢穴的計畫已經失敗。但逃走的小鬼死了，也許應該當成好事。

見他態度不遜，戴閃亮頭盔的森人加重語氣：

「……我有話要問你們。」

「什麼話。」

「插在那些小鬼身上的箭，為我們同胞所用。」

戴閃亮頭盔的森人說完，單手扔出這枝箭。

樹芽箭頭的箭……曾經是。

然而這枝被小鬼的血染成紅褐色的箭矢，箭頭已經鬆動，行將脫落。

「但那丫頭不可能會射這種難看的箭。」

「……」

「回答我，你們對她做了什麼？要是太過分……」

哥布林殺手不說話，蜥蜴僧侶與礦人道士對看一眼，聳了聳肩。

「是那個想用自己的英勇事蹟代替情書的傢伙？」

「就是那位還讓心上人協助修改的仁兄吶。」

「……什⁉」

戴閃亮頭盔的森人顯然退縮了。

他往握刀的手灌注力道，彷彿隨時都有可能高舉劈下。

高貴的森人那白皙的皮膚轉眼間染紅，連連顫抖。

「你、你這傢伙——不，你們這些傢伙，是從哪、聽來這……！」

「要找她的話。」

哥布林殺手難得語帶嘆息。

「不就躺在那嗎。」

「唔……！」

下一瞬間，戴閃亮頭盔的森人反射性地跳了起來。

「星風之女啊，妳在嗎！」

他輕而易舉地跳過數間（註4）之遠，去到另一間避難所前，毫不遲疑地揭開蚊

註4　日本古時度量衡單位，一間為六尺，約一點八公尺。

帳。

「哪位？」

「咦？」

「……啊。」

隨即表情一僵。

裡頭有三名女子。

她們聽見外面的吵鬧聲，正急急忙忙整理起儀容。

三種共六隻眼睛，看到戴閃亮頭盔的森人，當場瞪大。

當然這是在冒險途中，她們不會犯下特地換上睡衣睡覺的愚蠢錯誤。

但這也不表示自己剛睡醒的模樣被陌生人看見，就會毫不放在心上。

再說還有一件事。

縮在地板角落的一整團毯子，扭動了幾下。

「……做什麼啦？不是才剛早上嗎……」

妖精弓手貓也似的打了個大呵欠，從毯子裡慢條斯理地爬出來。

她用力揉揉雙眼，搔了搔亂糟糟的頭髮，以狐疑的表情環顧四周。

「咦，哥哥？怎麼，你來接我嗎？」

「……」

女神官一臉要哭的表情，牧牛妹臉頰抽動，櫃檯小姐面露笑容。

戴閃亮頭盔的森人吞了吞口水。

接著就像被他這個動作挑動似的，幾名女性高分貝的尖叫迴盪在四周，讓他急忙跳開。

「……護衛辛苦了。」

戴閃亮頭盔的森人落地後，清了清嗓子。

「有勞幾位送我小姨子來。我會叫人準備盤纏，願諸君回程一路順風。」

「哥哥，他們是我的同伴啦。」

被從避難所探頭的妖精弓手一瞪，戴閃亮頭盔的森人優雅地聳了聳肩。

「……所～以我才說森人實在是……」

看來礦人道士總算還有點分寸，知道要把「惹人嫌」這幾個字給吞下去。

§

「不好意思，才踏上旅途沒多久，又把妳叫回來。」

「會嗎？不過你想想，我們不是已經好幾年沒碰面了？好久不見了，哥哥。」

「……妳變得渾身凡人味了啊。」

妖精弓手雀躍地擺動一雙長腿走在森林裡，戴閃亮頭盔的森人在她身旁皺起眉頭。

小姨子自由奔放的態度固然是原因之一，但真正的原因，多半還是在於他得處在被人從背後瞪著的狀態下帶路。

他承受三名女性帶刺的視線，蜥蜴僧侶說了句「感同身受」，吐出舌頭。

「貧僧的故鄉也相當不錯，但森人居所又是一番鬼斧神工吶。」

「畢竟是從神代就化育至今。命定之人(Mortal)即使進得來，也回不去。」

他會說得如此得意，相信其來有自。眼前的光景呈現出一副綠色迷宮似的樣貌。

藤蔓複雜交纏，巨樹擋住去向，不成道路的小徑想必連野獸也過不去，還有絆腳的草叢。

冒險者就罷了，對這次同行的櫃檯小姐與牧牛妹而言，是相當艱辛的行程。

但一行人仍輕而易舉地往深處行進，沒有別的原因，全仰賴這位森人的善意。

這也是她們瞪歸瞪，卻不出口抱怨的理由之一。

「但，」戴閃亮頭盔的森人以懷疑的眼光，回頭看向背後。

「我萬萬沒想到，時有耳聞的歐爾克博格，會是你這樣的人物。」

「我也不清楚別人怎麼看。」

聽哥布林殺手答得若無其事，戴閃亮頭盔的森人哼了一聲。

「你這口氣不太中聽啊。」

「比起這個，那些哥布林怎麼回事。」

「區區哥布林，又沒什麼好稀奇。」

戴著閃亮頭盔的森人說這是雞毛蒜皮的小事。有時候變多，也有些時候變少。

「畢竟最近天氣熱啊。這類生物一旦熱起來，不本來就會冒出一大堆？」

「最近。」

「差不多這十年吧。從前陣子鬧魔神的時候，就是那樣了。」

哥布林殺手短短應了聲「是嗎」，又說：「前陣子，嗎。」

「只要不是在軍隊背後蓋起堡壘之類的大事，犯不著為了哥布林大驚小怪。」

「別裝模作樣，老實說你忙婚禮沒空處理不就得了？」

聽到表妹這麼說，他板起臉孔：「小孩子別插嘴。」

妖精弓手嘟起嘴回了句「我才不是小孩子」，但看她擺動的長耳朵就知道心情很好。

從團隊後頭跟上的女神官，也意思意思地稍微壓低音量：

「……果然，眾森人們都不把哥布林放在心上嗎。」

櫃檯小姐一瞬間像是在說「連妳也這樣？」地輕輕眨眼。

「從最先在意的是這點看來，您也許還是思考一下自己所受的影響比較好喔。」

「唉唷，欸嘿嘿……」

見女神官害臊地搔著臉傻笑應付，櫃檯小姐「傷腦筋」地小聲埋怨。

「不過您也沒說錯，即使是森人冒險者，剛離開森林時大多都是那樣。」

櫃檯小姐補充道，並非沒有危機意識，而是程度問題。

哥布林只有凡人小孩程度的智慧與力氣，屬於最弱的怪物，這點是純粹的事實。

對森人而言，真正的威脅來自更可怕、更強大的物種。

「畢竟是從一群實際見證過的人口中聽來的嘛。」

「……？聽什麼？」

「諸神之戰。」

女神官忍不住啊一聲驚呼，趕緊按住嘴巴。以森人的長壽，並非不可能。

那一切都是早在骰子擲出前的故事。連傳承下來的神話都只有含糊提過的部分。

「因為魔神、龍、邪神、魔王等等來自另一個次元的某某威脅，真的多不勝數。」

相較之下，不斷冒出的小鬼，對森人而言八成只和害蟲害獸差不多。

偶爾運氣不好的人就會死。那些註定只有短暫壽命的人，早死晚死，終究還算在誤差範圍內。

相較之下，十年、百年，又或者是千年一度的大滅絕，才真正可怕。

「反正哥布林總是**沒什麼大不了**。」

「……這樣啊。」

牧牛妹這聲不經意的感嘆，讓櫃檯小姐回了句「是的」。

女神官也露出難以言喻的模樣，目光憂鬱地低垂。

沒什麼大不了——關於哥布林出現這檔事，並不值得一提。

「說得也是。」

語氣輕描淡寫的她，忍不住轉動視線，看向**他**。

他走在團隊前鋒的位置，和自己之間隔著好幾個人。

她想上前到他身旁說幾句話，卻又微微遲疑。

「反而有件事，讓我比婚禮更在意。」

經過這一剎那的停頓，戴閃亮頭盔的森人已經拋出下個話題。

「啊，你剛說了『更』在意。晚點我要跟姊姊告狀。」

妖精弓手被礦人道士白了一眼，要她別胡鬧，但她搖搖手敷衍過去。

「『斷河之物』最近，似乎來到村子附近了。」

「那是，什麼。」

「潛伏在叢林中的古老神物。老一輩告誡我們不可去招惹。」

戴閃亮頭盔的森人回答哥布林殺手。

「喔喔？」蜥蜴僧侶發出感嘆。「敢問究竟有多古老？」

「無從說起……但從我小時候，大家就已經這麼叫了。」

「這麼說來，就是三疊紀、石灰紀或白堊紀了啊……」

蜥蜴僧侶念念有詞了一會兒後，重重點頭。

「唔，有意思。」

「不管怎麼說，他棲息的領域和我們不同。本來應該不會隨便現身……」

「像我也沒看過，只聽說有這麼回事。」

妖精弓手嗯了一聲，擺動長耳朵思索起來，然後輕巧地繞到表哥身前。

「真的存在嗎？」

「我也看過好幾次腳印。爺爺說他年輕時見過本尊的樣子。」

「那都多久前的事啦。」

正當妖精弓手哈哈大笑時。

忽然間一陣風婆娑吹過。

青翠的風。清爽的夏季涼風。充滿了葉香與草香的風。

在樹林間吹個不停的風——的源頭。

叢林中空出的，是一處從地上延伸到天際的大空洞……不。

這到底該算有著森林形式的市鎮，還是有著市鎮形式的森林？

許多樹洞往這不知究竟多高多深的巨大天井內凸起，成了他們的住家。

連接樹洞的枝葉與藤蔓交纏，形成無數條空中步道。

走在這些通天之路上的，是許多身穿洗練服裝的美麗森人。

樹木表皮上凸起的細小紋路為這一切加上色彩，樹葉婆娑聲組成壯麗的樂曲。

這座層層疊疊、直貫天地的市鎮，簡直是一棟摩天樓（Skyscraper）。

「……哇、啊……」

牧牛妹眼神發亮，連連眨眼，發出讚嘆。

這是她這輩子第一次見到的光景——一幅從未想過能在有生之年見到的光景。

是兒時玩伴說起想當冒險者時，心中描繪的光景。

一步一步往前進，來到他身旁一看，前方就是呈螺旋狀繞行在市鎮外圍的迴廊。

她忍不住就要往前探出身子，他說聲「危險」擋住了她。

「會掉下去。」

「啊、嗯。可是你看，好厲害喔，這個……！」

哥布林殺手抓著牧牛妹的手臂不放，只短短答了聲：「嗯。」

牧牛妹不滿地鼓起臉頰，可是現在不是鬧脾氣的時候。

她在他的支撐下，放眼望向森人之村，想把眼前的絕景深深烙印在腦海。

「還頗有一套的嘛。」

「甚是。貧僧的故里也位於叢林間，作風卻又大不相同。」

礦人——出於不認輸——悻悻然捻著鬍鬚，抬頭朝戴閃亮頭盔的森人一瞥。

「……這都沒加工過吧？」

「當然了，礦人。這是精靈為我們準備的。」

「哈啊～真行。自己都不會動手喔？」

團隊其他成員的反應，相信也不出所料。

妖精弓手得意地挺起平坦的胸部，用手肘輕輕頂了頂雙手緊握錫杖的女神官。

「怎麼樣，厲害吧？」

「是，真的好厲害！」

妖精弓手慧黠地閉起一隻眼睛，女神官臉頰發熱地點點頭。

「原來這世上有這麼棒的地方。」

「呵呵呵，那當然。那當然囉……！」

妖精弓手極力挺起平坦的胸部，說得十分自豪，櫃檯小姐嘻嘻一笑。

「確實，雖說都城也很不得了——……」

凡人的都城固然壯麗，不過光是完工所花的時間就無法相提並論。

此處並非出自人為。由大自然完成的事物，實實在在就是鬼斧神工。

妖精弓手踩著鳥兒行進似的小跑步，跳到最前排去。

當她張開嘴脣，紡出的是帶有歌唱般旋律的森人語言。

「在良天與長夜，一個太陽與兩個月亮之下，星風之女敬告同胞！」

她張開雙手，轉過身來，綁起的頭髮就像彗星似的尾巴一掃。

「歡迎來到我的故鄉！」

那是一種媲美百花怒放的笑容。

§

穿過樹枝交纏得像是精編而成的迴廊，抵達一處巨大櫸木樹洞，就是一行人的客房。

鑽過有如門簾般垂下的藤蔓，裡頭是間寬闊的起居室。

室內鋪有長苔地毯，還有成排狀似樹木節眼突出而成的桌椅。

窗戶上貼著薄得接近透明的樹葉，讓午後陽光柔和而溫暖地透進室內。

四處可見的藤蔓簾幕另一頭，想必就是寢室。

唯一由人加工的裝飾，就只有用天露之絲織成的森人壁氈。

圖案纖細又流利，栩栩如生地描繪出從神代持續至今的許多故事。

相信這不像凡人那樣描繪口耳相傳下來的傳說，而是描繪森人實際見證過的歷史。

即使室內當然沒有暖爐，但樹木本身的溫暖與風，都不會讓人有不舒服的感覺。

而且更令人舒暢的是，整間房間都飄著一股令人心曠神怡的木頭芬芳。

牧牛妹把這些芬芳深深吸進胸中，再緩緩吐出，完成一次深呼吸。

「好厲害喔，這個！我都只聽人家說過。」

總覺得穿著粗獷的牛皮靴子踏進來，實在過意不去。

她以壓低腳步聲似的步伐，輕輕走了一步，再一步。

而她走向的椅子上，長出了香菇的蕈傘做為坐墊。

牧牛妹想到這地方就像童話故事一般，不由得眉開眼笑，靜靜坐下。

柔軟的觸感服貼地包覆她的屁股。她忍不住嘆了口氣。

「嗯，這個……好好喔。」

「呃，那、我、我也來……！」

女神官忐忑地雙手握住錫杖，也坐到椅子上試試。
香菇坐墊以彈力支撐住了她輕巧的身軀。
「哇！哇！」
她就像名年幼的少女連連讚嘆，讓櫃檯小姐看得露出微笑。
這名少女雖然最年少，卻一直很拚命。能開心玩鬧的時候，最好還是玩個夠。
「我也曾經和森人冒險者有來往，不過受到邀請還是第一次呢。」
櫃檯小姐津津有味地往室內四處打量，手輕輕摸向牆上的壁氈。
半森人（Half Elf）的英雄和同伴們一起為了龍槍而戰。是戰記中的一幕嗎？
「請問……這是怎麼編的呢？一樣是請精靈幫忙製作的？」
「不是製作，但妳的推測也不算錯。」
戴閃亮頭盔的森人，殷勤地回答這位富有才智的凡人女子。
「一切都是森林出於善意改變形體，幫助我們。」
「人們總說要蓋堅固的房屋就找礦人，要蓋舒適的家就找圃人（Rare），要蓋堡壘就交給蜥蜴人，不過……」
蜥蜴僧侶興味盎然地踩著青苔地毯，甩動尾巴。
即使拖著又長又重的尾巴行進，也不會留下痕跡，讓他放下心中大石似的鬆了口氣。

「這可真是——了不起。森人的住家也深具意趣吶。」

「能讓龍之子這麼說，著實令人感謝。」

說著，戴閃亮頭盔的森人以優美的動作行了個禮。

也許是出於對這雖然凶猛卻又以古物為尊、遵循自然之理的蜥蜴人所抱持的敬意。

「因為有慶典要辦，地方是急就章整理出來的，我想不免有些見笑……」

他說到這，妖精弓手毫不留情地從旁用手肘頂了頂他的肚子，半翻白眼瞪著他。

「哥哥，你這話就俗氣了。」

「唔……」

「雖然你說急就章，反正一定花了好幾個月吧。」

妖精弓手哼了一聲，蹦蹦跳跳地跨過青苔，落向椅子。

彷彿在主張窗邊最好的位子是她的，穩穩坐到晃動的香菇上。

看她坐沒坐相，一副隨時都要把腳甩出來的模樣，她的表哥皺起眉頭說了句「沒規矩」。

「要是被**她**看見，妳可又會被念得很慘囉？」

「你們聽見了嗎？哥哥直接用『她』稱呼姊姊耶，已經當自己老婆了。」

妖精弓手發出鈴鐺滾動似的大笑聲，壓根不當一回事。

「所以，再來要幹麼？」

「唔。看你們長途跋涉也累了，已經請人準備好沐浴和午餐。」

戴閃亮頭盔的森人忍著頭痛似的揉起眉心，保住了森人的矜持。

相信他也已經習慣被這個自由奔放的小姨子牽著鼻子走。

直到數年前，他們算一算已經相處了兩千年以上，習慣也是當然的。

「你們呢？」

「我先處理行李。」

哥布林殺手立刻回答。

「哥布林也許會來。」

他同伴們的反應，也不會有什麼值得一提的地方。

戴閃亮頭盔的森人忍不住瞪大眼睛，妖精弓手一副覺得沒救的模樣，按住額頭、仰天不語。

「……那，我也留下吧。姊姊說不定會過來找我。」

妖精弓手死了心似的笑著揮手，這也已經見怪不怪，其他幾人不約而同點點頭。

「既然這樣，咱們就趁小姑娘們洗澡的時候填一填肚子吧。」

「這主意不錯，術師兄。」

「咦，可以嗎？」

櫃檯小姐眨了眨眼。

想來她經常照顧冒險者，但受冒險者關照的機會應該很少。

她難得顯得慌張，不太習慣地露出微妙表情，彷彿有所顧慮般歪了歪頭。

「那個，只有我們幾人先享用……」

「要說享用，貧僧等人也是。沒什麼，想必女性總是希望能先打理儀容。」

「那麼，不好意思。就讓我們先把汗水跟塵埃沖洗乾淨。」

櫃檯小姐顯得過意不去，但仍點了點頭，看來她對這個走向倒也沒有異議。

女神官離開香菇椅子，小跑步跑向哥布林殺手。

「什麼事。」白嫩的指尖，筆直指向他轉過來的鐵盔。

「請哥布林殺手先生，也要好好吃飯、洗澡喔？」

「嗯。」

他嫌麻煩似的答道，不過女神官似乎心滿意足。

她挺起平坦的胸部強而有力地點頭，牧牛妹一副沒轍的模樣，在旁笑看這一幕。

「對了，先跟你說清楚，女生的行李，尤其是換洗衣物不可以亂動喔。」

但仍不忘叮嚀兩句。

他這個人，有吩咐就會注意，要是不說還真的是個木頭人。

「……哪個。」

牧牛妹聽出他回答時的語氣有些困擾，嗯——一聲點頭。

「反正我們馬上就要拿洗完澡穿的衣服，你要記住是哪一袋。」

「知道了。」

「只不過，不可以看袋子裡裝了什麼喔。」

「……這部分，或許由我以外的人來處理比較好。」

「咦~？」妖精弓手擺動長耳朵在一旁聽著，露出賊笑不回答。

交給歐爾克博格來處理會比較「有意思」，這點她已經有了十二分的了解。

「……兩千年沒變的個性，也不可能短短幾年就改掉啊。」

戴閃亮頭盔的森人深深嘆了口氣，結果就有人從下方強而有力地拍了他的背一記。

轉頭一看，滿臉鬍子的礦人道士露出像是在說「感同身受」的表情。

「來，帶路吧，新郎官。那些小姑娘，最好也趕快讓她們洗一洗。」

他意帶鼓勵地又拍了森人的背一記，以丹田發聲呵呵大笑。

「再說咱們和森人不同，沒時間惦記那些芝麻小事過活啊。」

§

「那麼，你想問的是我們森人不吃肉的理由？」

「對啊。搞不懂為啥非得吃些葉子或水果不可。」

「住在地底的同胞啊，這是損益上的考量。」

「意思是數量問題了？棲息在森林裡的野獸數目……喔喔，這香蕉好吃。」

「帶鱗的僧侶兄，要不要也試試這道飲料？裡頭放了西米（樹薯粉圓）。」

「噢，樹薯的根。貧僧一族也會蒸來吃，這就是這道烤餅乾所用的材料嗎。」

「回到剛才的話題。一隻野獸長大要花上數年；相較之下，一棵樹每年會結很多果實，且一年到頭都在結。」

「原來如此……也對，用不著擔心剩下多少食物，心情的確會輕鬆不少。」

「再者我等不會被野獸所食，卻又不能離開森林。」

「所以要是一直獵捕野獸當日常三餐，圓環就會瓦解？哈哈～然也然也。」

「因此我們取用葉、草、果、種子。礦人啊，不知這樣是否能解開你的疑惑？」

「話是這麼說啦。」

礦人道士一臉厭惡，粗野地將手撐在香菇餐桌上拄著臉。

這利用巨樹樹根外凸空間而形成的大伽藍，就是森人的餐廳。

裡頭懸掛著無數裝有夜光蟲的花蕾來代替燈火，桌上排滿了優雅的菜色。

葡萄、香蕉、西米，加了各式各樣香草與蔬菜的沙拉，葡萄酒與西米的飲料。

別具風情的大廳氣氛，以及飯菜的質與量，即使是礦人道士也找不到地方挑剔。

找是找不到，但……

「再怎麼說也不必吃蟲子吧……」

「增加得快，數目又多。更重要的是很好吃啊？」

眼前的大盤子上，裝著殼被剝開、煮熟的巨大甲蟲。

只要扯下一隻腳，泡進果汁（果醬）裡一咬，裡頭的肉就會爽脆地在口中跳動。

的確美味。這點連礦人道士都予以肯定。

對礦人而言，吃這檔事極受尊重，重要性僅次於貨幣寶石與裝飾品等財寶。

正因為是礦人，好吃的東西就是好吃，賭上自己的白鬍子，絕不可無故否認。

然而……就是有這個然而。

「你想想，是蟲子耶？」

「貧僧倒是吃得津津有味。」

「夠了，所以才說叢林長大的傢伙……！」

蜥蜴僧侶連殼帶肉大快朵頤，礦人道士瞪了他一眼。

至少別保留蟲子的原形，或是調味再鹹一點就好了。

實際出菜卻再三強調這是以蟲子烹煮，而且調味很淡，發揮了食材本來的優點。

在在讓人認知到自己吃的東西是蟲，讓礦人道士失去了食欲。

「啊——真是，算了。既然這樣，我乾脆吃這道烤餅乾。」

「喔，術師兄不吃嗎？那麼貧僧就要走一隻腳……」

「蠢材。不管什麼食物，礦人才不會從自己的盤子裡分出去。」

長鱗片的手伸出，礦人道士拍了一記，把烤餅乾扔進嘴裡。

這種點心溫潤中散發確切的甘甜，據說是森人不外傳的菜色。

大概是用了蜂蜜調製吧，營養滿分，且怎麼吃都不會膩。

礦人啃得鬍鬚上沾滿殘渣，這時卻忽然察覺到了什麼般停下手。

「我想應該不至於，但這烤餅乾裡不會也放了蟲吧……」

「這就任憑想像了。」

戴閃亮頭盔的森人這句話，讓礦人道士露出難以形容的表情。

他盯著咬到一半的烤餅乾好一會兒，最後豁出去似的塞進嘴裡，應聲吞下。

蜥蜴僧侶見他這樣，用舌頭舔了舔鼻尖，嚴肅地開口：

「不過，城內——森人也是說城內嗎？」
「雖然並未用來因應戰事，但指族長座鎮之處倒也沒錯。」
「真希望也能向族長請個安吶。」
聽蜥蜴僧侶這麼說，戴閃亮頭盔的森人嘴角微微一揚。
「各位早已獲准覲見。不，造訪這座森林的所有人，都相當於身處族長面前。」
「……啊啊。」
蜥蜴僧侶瞇起眼，昂起脖子。大樹底下的天井很遠，夜光蟲閃閃發光。
能聽見樹葉隨風搖動的婆娑聲。還有水流過樹幹的聲響。
森人除非出於自願或被殺，否則生命不會結束。
那麼倘若自願接受死亡，又會如何呢……
「原來如此。」
一切都回歸森林之中，回歸大自然之中，回歸圓環之中。融入其內，合而為一，運行不息。
此處乃族長座鎮之處。此處即是族長。
蜥蜴僧侶瞠目結舌，以奇怪的手勢合掌，表示敬意。
儘管形式不同，但回歸天地循環，對蜥蜴人而言乃是理想的死法之一。
「有幸見識偉大森林之長的末端，貧僧由衷感謝。」

「我們接受。」

森人朝仍拄著臉頰不當一回事的礦人瞥了一眼。

「森林之外會有能夠理解的人物，實乃望外之喜。那麼，閣下要說的是？」

「沒什麼，放眼望去，城內的眾人似乎都相當忙碌。」

一點兒也不錯。

大廳為了舉辦婚禮而掛上各式各樣的編織工藝品，還架設了穿蜘蛛絲為弦的豎琴。

但扣掉為了端菜服務的幾名侍女，別說樂師了，根本看不到其他人影。

「果然是忙於婚禮的籌備？」

「不只這樣。」

戴閃亮頭盔的森人像是要填補話語中斷的空檔，拿起裝了西米白汁的杯子就口。

用鹿角磨成的杯子，本身就已經像是一件藝術品。

「森林裡最近不太平靜。大家都出去看熱鬧了。」

「記得您是說『斷河之物』對嗎？」

「連森人也有對森林不了解的地方？」

礦人一副要還以顏色的表情，壞心眼地笑了。

「那麼礦人啊，我倒要問問。」

戴閃亮頭盔的森人不改優美笑容，對他說道。

「閣下了解沉眠在地底深處的一切事物嗎？」

「……原來如此。」礦人道士低聲沉吟。「這可被將了一軍。」

「呵呵呵，換作小鬼殺手兄，多半會說都是小鬼幹的好事。」

蜥蜴僧侶弄響喉嚨，大呼愉快，扯下甲蟲的腳送進嘴裡。

他發起牢騷說要是有乳酪就沒得挑剔了，森人聽完附和「就是這點」。

蜥蜴僧侶重重點頭。

「唔，所謂乳酪是把牛或羊的奶，據說叫發酵——……」

「不是指這個……他就是那歐爾克博格——小鬼殺手？邊境最優秀？」

「然也，然也。」

「看上去，實在不像。」

聽戴著閃亮頭盔的森人這麼說，蜥蜴僧侶轉了轉眼珠子。

「雖然外貌寒酸或許也包含在內，不知您是指哪一方面？」

「就是我的小姨子黏著他這點。」

戴著閃亮頭盔的森人苦澀地笑了，就像哥哥擔心年紀小很多的妹妹會有的模樣。

「不曉得是像誰……不，沒必要含糊其詞啊。說穿了就是像我，個性古怪。」
「喔，說得好啊。嗯？喂，新郎官。」
礦人道士重新活過來似的，拿起角杯喝了一大口之後說道。
即使葡萄酒濃度不高，酒就是酒，當然能幫助礦人振作。
「那個叛逆長耳丫頭，就沒辦法讓她改一改嗎？」
「我們也教過她少女該會的事。編織、樂器、歌唱，還有很多很多。」
「結果卻是那樣？」
「……足足花了兩千年就是了。」
「啊啊……」
這麼多年還教成那樣？三人面面相覷，嘆了口氣。
「但怎麼說呢……她本性不壞。」
「我當然曉得。」
礦人道士說得格外粗魯，粗暴地一伸手，扯下甲蟲的腳。
他一邊抱怨難道就沒有鹽巴嗎，一邊咬住，大口將裡頭的肉吃得汁液飛濺。
他老實不客氣地打了個嗝，舉起角杯又喝了一大口酒。
「那丫頭愛唱反調，所以我看不慣，而且也希望她表現出**年紀該有的**分寸。可是啊——」

蜥蜴僧侶聽著瞇起了眼。礦人道士對此似乎感到不是滋味，「哼」了一聲。

「只要不扯後腿，咱們就會好好照顧她。新郎官。」

§

嘟、嘟、嘟、嘟。水應聲流下，濺起白色的水花。

瀑布？是瀑布。

但不在地面上流淌。不受陽光曝晒。

透過大樹樹根直通天際的這些水，是地底的河川，是瀑布。

從伽藍廳深處下了樓梯，又是一處伽藍。

歷經幾千幾萬星霜的流水削鑿，整妥形狀的石穴。

石灰岩被水流削鑿成了完美的鐘乳洞。

洞內林立著媲美叢林的石筍，以及有如枝葉般從天頂下垂的鐘乳石。

石造的森林。河水就從這兒流經，瀑布由此下衝，形成了一處又深又暗的湖。

這座湖籠罩著一層淡淡的、薄薄的金綠（綠寶石）色光芒。

湖本身在發光嗎？並不是。

是青苔。

長滿湖底、像地毯似的青苔，在發光。

「喔、喔喔……」

連話都說不出來，指的就是這種情形。

見到此般有如夢幻國度的光景，牧牛妹連這感想也說不出口，渾身顫抖。

混著溼氣的地下寒氣，纏上她用毛巾遮住的、平時就晒黑的肢體。

朝背後一瞥，森人侍女替她們收走衣服後正要退下。

牧牛妹不安地看向站在身旁的櫃檯小姐。

「這、這個，可以進去泡嗎？」

「都說是沐浴的地方了，我想應該不要緊啦。」

她似乎見慣這種場面，對於露出自己精心打磨的美貌並不遲疑。

朝周圍一瞥後，腳尖點到水，湧泉特有的冰冷立刻刺進肌膚。

櫃檯小姐不由得嗯的一聲叫了出來，女神官見狀微微一笑。

「這比在神殿沐浴時用的水要溫呢。」

她流暢地從苗條的腳先泡進水中，舒暢地閉上眼睛。

「唔唔，這種事情，還是神職人員比較拿手。」

櫃檯小姐有點怨懟地發著牢騷，自己也慢慢泡進湖裡。

牧牛妹不想被丟下，於是也做好心理準備，豁出去走上前。

「嗚、哇……哇……！」

腳底傳來柔軟的青苔觸感。本以為會滑，沒想到反而牢牢支撐住雙腳。一泡之下，發現起初覺得冰冷的水也很快就習慣，反而覺得舒暢。

這樣大概沒問題。

「……呼啊。」

牧牛妹不由得發出鬆懈的嘆息聲，當場紅了臉。

朝其他兩人一瞥，發現她們的模樣也大同小異，這才放下心。

「的確，似乎比井水溫暖。這是為什麼呢？」

「以前是聽說過地底有火河流過之類的說法。」

這會是原因嗎？女神官歪了歪頭。換作妖精弓手或礦人道士，應該會比較清楚。

「好厲害喔，當冒險者的……平常都會來這樣的地方吧？」

「倒也沒這麼平常。」

聽牧牛妹這麼說，女神官表情複雜地笑了。

洞窟、遺跡、遺跡、遺跡、洞窟、洞窟、遺跡、洞窟……

回想起來，記憶中的冒險所在，大半都是洞窟或遺跡。

而探訪過的遺跡全都被燒毀，或是遭到爆破、被灌進毒氣……

「……嗯，並不是說平常都會來，嗯。」

她在平坦的胸中暗自發誓，以後要請哥布林殺手先生多節制點。

「實際上，就有不少人是想探索祕境祕寶之類的東西，才當冒險者的喔。」

櫃檯小姐在一旁聽著兩人的對話，輕輕按住綁起的頭髮，小心不沾到水。

「畢竟居無定所的遺跡盜匪，和好歹有在當冒險者的人，信用就不一樣。」

「啊啊，我懂我懂，這我很清楚。」

牧牛妹用力點頭，短髮上微微沾到的水珠因此灑落。

「偶爾會有人來牧場希望分一點食物，但自稱只是普通旅行者真的有點可怕。」

牧牛妹連連搖手，說就算有人要求借宿，又哪敢讓他們住下來。

「雖然白瓷等級也有點可怕就是了。啊啊，如果是行旅的神官就又還好。」

「而且我也，已經是鋼鐵等級了。」

女神官的話中微微透出的自負，讓櫃檯小姐加深了笑容。

稚氣未脫——但好歹已經十六歲——的少女，手按平坦的胸口。

彷彿那塊鋼鐵識別牌就在那兒搖動似的。

她前陣子才剛通過升級審查，升上第八階。

「冒險者……冒險者啊。小時候常常會想呢……」

牧牛妹同樣看著女神官，輕聲說出這句話。

© Noboru Kannatuki

「還是有所嚮往嗎？」

櫃檯小姐歪了歪頭。從鐘乳石滴下的水，在水面掀起新的漣漪。

「沒有啦，喏？我是……呃，那個，不是想當冒險者。」

「啊啊。」

見牧牛妹難為情地搖手，在水面盪出波紋，櫃檯小姐會意地點了點頭。

「公主？」

「別說出來嘛。」

「還是，想當新娘子？」

「不要逼我說啦。」

牧牛妹只說到這，就像要遮住泛紅的臉頰，把鼻子以下的部分泡進水裡。

吐著泡泡卻又不說話的她，果然是這年紀的少女該有的模樣。

接下來好一會兒，只聽見地下洞穴中流動的大河所發出的低沉水聲。

仔細想想，任誰都是一樣。

男孩子嚮往成為勇者、騎士、屠龍者、冒險者之類的人，而女孩子也會作夢。

公主、巫女、美麗的新娘、妖精鄉，幻想某天會有人來迎接自己。

雖然到頭來，嚮往終究是嚮往，夢想終歸是夢想……

「……可是。」

女神官水滴般的喃喃自語，就像漣漪般盪開。

「新娘子，真的好好喔。」

§

哥布林殺手把行李分完，搬進各人的房間，氣也不喘一下地說出這句話。

「都能開店了。」

「咦？」忍不住驚呼出聲的是妖精弓手。

坐在散亂的各式布料堆裡的她瞪大眼睛。

她正打量著這些呈逆三角形或碗型的布片，「喔喔」地感嘆著。

「對不起，我還沒整理完。」

「畢竟妳們叫我別碰。」

妖精弓手說得毫無歉意，哥布林殺手的回應也很冷淡。

他非常守規矩，對女性們的私人衣物碰也不碰，甚至連看都不看一眼。

取而代之地，哥布林殺手一如往常默默解開其他行李，送進各人房間。

起初把這些工作全都塞給他、自己坐在椅子上偷懶的妖精弓手，想必也過意不去吧。

她表示說要幫忙，結果就是這副慘狀。

「大家回來前要收拾好。」

「……好啦，我知道了。」

哥布林殺手完全不看這邊一眼的態度，讓妖精弓手噘起嘴脣。

不過她好歹知道是自己弄亂的，雖然不甘不願，還是乖乖摺起內衣褲。

「不過真的好大喔，這個，連頭都裝得下吧？」

「別叫我看。別攤開。」

「我有在動手喔。」

妖精弓手說著，以輕巧的動作站起。

「怎麼了。」

「東西我會收拾，可是想喝個飲料。」

「是嗎。」

她將哥布林殺手的應聲視為同意，就這麼走向廚房。

邊發出「哼～？」的一聲，邊隨手翻找置物架——一樣是樹洞。

「我說歐爾克博格。」

妖精弓手輕輕搖動長耳朵，轉向背後：

「要不要我順便泡個茶給你喝？就試試看。」

「有得喝我就喝。」

哥布林殺手對這句暗藏風險的話也不為所動。

妖精弓手不甚滿意地又「哼～？」了一聲，匆匆忙忙開始準備泡茶。

首先隨手選些香草與藥草，用黑曜石小刀粗略地切碎。

然後用目測大概估個量，倒進鑿穿橡實做成的杯子，再往上頭注水。

水壺是以真銀特製，隨時都能保持冰冷。

礦人以鐵為僕，以真銀為友，但森人也並非沒有冶金技術。

從土塊發現的事物，同樣屬於自然的一部分。

若借用戴閃亮頭盔的森人說法，就是「它們自己改變形狀來配合我們」。

實際上，冷泡茶很費時，但在這裡另當別論。

即使不是術師，只要森人小小許個願，萬物就會隨之變異。

妖精弓手豎起手指，在空中畫了個圓，杯裡的水已經有了顏色。

她將杯子遞向席地而坐、攤開自己行李的哥布林殺手。

「味道不保證就是了。」

「嗯。」

他接過杯子，就這麼從頭盔縫隙間喝了一口茶。

「不是毒就無所謂。」

「你這不算讚美吧？」

「我說什麼就是什麼。」哥布林殺手說得平淡。「也沒打算讚美妳。」

妖精弓手哼了一聲，坐到椅子上盪著雙腳。

也不管香菇坐墊變形，喝了一口茶。

「哎呀真好喝。」

妖精弓手眨眨眼睛，笑吟吟地露出貓一般的笑容。

「那，歐爾克博格在做什麼？」

仔細一看，哥布林殺手坐在地上，正在處理皮革。

他拿出皮繩，三條綁成一條，似乎是在做繩索。

手指複雜地動著，將繩索揉合，妖精弓手下了椅子，從他身後湊過去看。

對於她這種不安分動來動去的忙碌樣，他已經習以為常。

「妳還記得小鬼英雄（Goblin Champion）嗎。」

「……啊啊。」

哥布林殺手說得不以為意，妖精弓手卻用力皺起了眉。

她根本不想想起。

那個時候，在水之都地下展開的一戰與慘痛的敗北，是她最討厭的記憶之一。

「不就是一年前那個？我哪可能忘記。至少兩百年忘不了。」

「這是為了因應那種對手或小鬼騎兵，想出來的手段。」

「哼嗯……」

哥布林殺手以機械般的動作，用力拉緊繩索。

大概是因為由三根皮繩編成，感覺沒這麼容易扯斷。

「你說手段，可是這也就是繩索吧。」

「只把一頭綁上石頭。」

然而這繩索異樣地長，一旦完成，大概會有幾十呎。

對冒險者而言，繩索或鉤索是必需品，但應該用不著這樣的量。

……雖然他默默編著皮繩的模樣，終究不像個冒險者。

「……這麼占空間的東西，虧你會想做。」

「因為沒在賣。」

「我不是指這個。」

妖精弓手嘆著氣說出的調侃，仍換來正經的答案，讓她又嘆了口氣。

「換作是我啊。」

妖精弓手從哥布林殺手手上搶走皮繩。

順便從礦人道士的行李借來兩個投石索用的石彈。

然後迅速將石彈綁在繩索兩端。

「差不多就這樣吧！」

「……這是什麼。」

她不回答，而是將手指繞在繩索正中央，食指畫圈。

綁在兩端的小石子，立刻被反作用力帶得畫出大大的弧線，在空中碰出聲響。

「你看，這樣不就會喀啦喀啦響嗎？」

「響了又如何。」

「開心！」

「……唔。」

哥布林殺手轉過鐵盔，把石子緊緊綁在皮繩一端。

他手從繩結上微微滑開，轉動石子，檢查狀況。

似乎試得滿意，他開始把繩子一圈圈纏在石子上收妥。

「就做個幾條吧。我聽過類似的東西。」

「太棒啦！那再給我一條，一條就好！」

「妳剛做的就夠了吧。」

「我想要你另外做！」

「是無所謂。」

不知是否因為妖精弓手自得其樂、鬧得很開心。

也或許是因為回到久違的故鄉，有所鬆懈。

這時發生了平常的她不可能會遇見的事態。

咳。

直到這位清了清嗓子的人站到房門前，她都完全沒察覺。

「……這房間都弄成什麼樣子了。」

不用說也知道，這位連責怪的聲音都像在歌唱的人物，有著竹葉般的長耳朵。

來人頂著灑滿星辰的銀河似的長髮，雙眼是金色——是女性，而且一眼就看得出身分高貴。

穿著銀絲禮服的肢體白皙而纖細，結實且修長。

但從衣服內側往上擠壓的胸脯，卻宛如豐穰的象徵。

會說連繪畫都畫不出她的美，多半不是畫師功力問題，而是根本無從想像。

看到這位以花冠妝點秀髮的森林公主臉上文靜的表情，妖精弓手跳了起來。

「哇、哇、哇、哇、哇!?姊、姊姊!?為什麼!?」

「還問我為什麼，他們說妳特地回來祝賀，我才想打個招呼……」

「沒有啦，哈哈……這、這是，妳也知道，不是妳想的那樣……」

「還帶了這麼多淫穢的內衣褲……」

啊，姊姊知道內衣褲啊？森人不會漏聽她這句喃喃自語。

「知道又怎麼樣？」聽她這麼問，妖精弓手喉嚨發出「咿！」的一聲。

「呃、呃，這些，是朋友的喔？」

「那豈不就更糟糕了？竟然擅自翻別人的行李。」

「咦咦……」

真要說起來，妳喔──一旦如此起了頭，敘事詩般的話語便接連紡出。

皮膚粗糙。頭髮也很亂。知道節制嗎？有在保養嗎？

況且冒險者這種職業明明那麼危險，妳又心浮氣躁，要不要緊啊？

問妳有沒有避開奇怪的委託，妳卻回說接錯了委託。

要知道凡人若玩起陰謀，在四方世界連惡魔（Demon）也不是對手。

我說過多少次，要妳先好好聽人說話，想清楚了再行動對吧。

過了一會兒，這位連對妹妹說教也無比優雅、戴花冠的森林公主，微微端正了姿勢。

「抱歉對您如此失禮。」

「……」

哥布林殺手一時間什麼話也沒說。

他將鐵盔朝向戴花冠的森林公主，沉默不語，過了一會兒才搖搖頭，低聲回了句：「不會。」

眼看妖精弓手心不甘情不願地再度開始收拾內衣褲，戴花冠的森林公主也輕舒一口氣。

戴花冠的森林公主瞇起眼睛，雙頰漸緩，加深了笑意。

「那麼……您就是？」

「歐爾克博格，對吧。」

「她這麼叫我。」

啊啊，果然。她雙手一拍。

「與詩歌中聽到的形象，果然相當不同呢。」

「詩歌是詩歌。」哥布林殺手搖搖頭。「我是我。」

「哎呀……」

嘻嘻。鈴鐺滾動似的笑聲。和妖精弓手的笑聲很像。

「舍妹平時承蒙照顧了。她有沒有給您添麻煩呢？」

哥布林殺手「唔」地沉吟一聲，視線在鐵盔下轉動。

妖精弓手的長耳朵沮喪地垂下。

「不會。」他說，緩緩搖頭。

「總是多虧她幫忙。」

妖精弓手的長耳朵猛然豎起。

「如果有其他本領高強的獵兵、獵人或斥候(Scout)，還請別客氣，儘管丟下舍妹喔。」

「不只是本領的問題——……」

哥布林殺手說到一半，忽然定住不動。

「嗯？」妖精弓手歪了歪頭。他很少會有這種反應。

「歐爾克博格，怎麼啦？」

「啊啊，沒什麼。」

嗯嗯嗯？妖精弓手更加沉吟起來，看往他鐵盔所朝的方向。

不遠處有一名侍女——當然是森人——正跪地等候。

她彷彿把半個身體藏在影子裡，頭髮也只有半邊留長。

「啊啊，她是……」

戴花冠的森林公主以欲言又止的表情含糊其詞。

「我知道。」

他淡淡的這句話，讓森人侍女全身一震。

哥布林殺手站起，踩著大剌剌的腳步走向她。

「啊，等等，歐爾克博格？」

他對妖精弓手的制止充耳不聞，一路走到侍女身前。

然後毫不猶豫地單膝跪下，讓兩人的眼睛來到一樣的高度。

「都殺了。」

侍女以顫動的眼眸看向他。哥布林殺手朝她點點頭，又說了一次：

「那些傢伙，已經殺光了。」

聽見這句話，侍女的左眼泫然流出一行清淚。

髮絲擺動，露出先前遮住的右臉頰。那葡萄般的腫痕，已經消失無蹤。

她，曾經是冒險者。

§

「是嗎。救了她的，果然是那個人？」

平穩的微風吹起，撫過妖精弓手的頭髮。森林的風。是故鄉的風。

妖精弓手小小的胸口吸滿了這些空氣，回答姊姊：

「也不是歐爾克博格一個人救的。」

「是啊，我當然知道。」

客房裡的一扇門，通往露臺。

藤蔓撐住向外突出的枝葉，形成了踏腳處。

這種森人特有的樣式自不用說，更值得一提的是眼前的景觀。

森人之村，就存在於這巨大天井般的樹海空白地帶。

而這露臺能夠一眼望盡這一切，能夠感受到在這整個空間中翻騰的風。

妖精弓手也是森人的公主，但她先前都不知道有這麼一間客房。

她們將侍女交給哥布林殺手安撫，而要等侍女哭完，這裡就是最好的空間。

戴花冠的森林公主按住被風吹動的頭髮，緩緩轉身面向妖精弓手。

「是妳救的。妳和妳的同伴救的。」

「總得小小表現一下才行嘛。」

畢竟當初是任性地要求離開森林。

戴花冠的森林公主瞇起眼睛，看著發出哼哼兩聲的妹妹。

她把手肘輕輕放在樹藤護欄上，將體重倚了上去。

「這樣……不就已經可以了嗎？」

「什麼可以了？」

「冒險者（克裘卡哈塔利）。」

妖精弓手的長耳朵微微一震。

「不就是替他人做危險的事，又只能領到一點點錢嗎？」

「這——是沒錯啦……」

無從辯解。

即使冒險者的身分得到凡人之王的保證，終究是低賤的行業。

拿起武器鑽進地洞，弄得渾身都是血與泥巴，殺死怪物搶走財寶（Hack and Slash）。

緊緊相鄰的死與青春。

妖精弓手離開故鄉這段期間所投身的生活。

「再說，蜥蜴人也還罷了，和礦人寢食與共，我認為實在不妥。」

——妳好歹也是森人之長的女兒吧？

她的言外之意，讓妖精弓手皺起了眉頭。

真要說起來，這可是森人的公主在從事為凡人跑腿的低賤工作。

何況還是跟礦人並肩……

妖精弓手也不是不懂姊姊要說的話。

活了兩千年，她多少還是學到了些分寸，不至於在這種時候情緒化地嚷嚷起來。

「會有不好的傳聞——……」

「不會不會，這不可能。」

然而姊姊接著提起的這句話，還是讓她忍不住笑了。

古老的詩歌中，也不是沒有森人與礦人的愛情故事。但套到她身上可就大錯特錯。

見妹妹搖著手哈哈大笑，戴花冠的森林公主憂鬱地嘆了口氣。
「……況且，還有他。」
「歐爾克博格？」
「是啊。」
戴花冠的森林公主點點頭，視線拉向遠方。
村子外是一望無盡的叢林。從神代就延續至今的樹海、植被。
每當有風吹起，樹葉就婆娑作響，鳥兒也隨之振翅。
一群淡桃紅色的紅鶴飛過。夕幕就要下到叢林中。
「我本來以為他是會受詩歌讚頌的那種英雄。」
妖精弓手微微鬆開了被風吹撫過的唇。

小鬼殺手犀利的致命一擊（Critical Hit）　破空劃過小鬼王的頸部
嗅嗅　看啊　那燃燒的刀刃
由真正的銀鍛造而成　絕不背叛其主
小鬼王的野心終於潰敗
美麗的公主被救出　於勇者懷中倚伏
然而　他正是小鬼殺手

既誓言流浪　就不容他覓得歸宿
公主伸出的手抓了個空　勇者頭也不回地邁步

她以瑟瑟吹過的風聲為伴奏，吟唱起詩歌。

雄壯的武勳詩。孤身一人與小鬼戰鬥的邊境勇士。

小鬼殺手——哥布林殺手。

這理應豪放威武的詩歌，乘著風唱來，卻變為非常寂寥的音色。

戴花冠的森林公主擺了擺長耳朵，像是要揮開言語的葉子。

「……看起來，實在不像這麼回事。」

「那當然了，詩歌就是詩歌嘛。」

妖精弓手豎起又白又細的食指，在空中畫了個圓。

詩歌是詩歌，他是他。

「話是這麼說啦，不過真銀之劍就未免加油添醋得太過火了。」

看到妹妹嘻嘻笑了幾聲，戴花冠的森林公主視線低垂。

要是有男人在場，勢必會跪伏在地，發誓要為她除去憂傷。

上森人的公主，哪怕只是一舉手一投足，都會透出掩飾不住的優美。

「妳為什麼，和那樣的男人在一起？」

「問我為什麼，那當然是——」

——是為什麼呢？

哼嗯～？妖精弓手聽姊姊問起，陷入了沉思，沒規矩地輕輕跳坐到護欄上。

她的一雙長腳往外邊啊邊的，讓她的姊姊看得瞪大了眼睛。

但妖精弓手不放在心上。兩千年就只有這點改不過來，事到如今又何必在意。

——不過，說實在的，到底是為什麼呢？

起初會找上他，哎，就只因為他是剿滅哥布林所需的人手。

加上她又沒見過這個類型的凡人，也就產生了興趣——……

「他老是只殺哥布林，我才想說得讓他好好冒險才行。」

嗯，應該是這樣。於是有時去幫忙他剿滅哥布林，有時拉他去冒險。

屈指一數，冒險的次數早就超過十次，不知不覺也已經來往一年以上。

「看著就會覺得不能丟下他不管……而且看不膩？大概吧。就只是這樣。」

「……所以妳才繼續剿滅哥布林？」

「那是偶爾啦，偶爾。」

妖精弓手蕩著雙腿，忽然間姿勢一歪。

她一個後仰踢向空中，像隻蝙蝠似的倒立抓住護欄，望向姊姊。

臉上露出貓一般的得意笑容。

「相對地，我們也請他擔任冒險的前鋒。」

「誰知道會怎麼樣呢……」

戴花冠的森林公主嗓音顫抖，朝客房瞥了一眼。

「……妳應該明白吧？」

妖精弓手不改含糊的笑容。改是不改，卻又什麼也不說。

對於活著這件事已成苦楚的森人而言，那種絕望不需要多說。

「既然知道……」

「一輩子就是一輩子，姊姊。」

妖精弓手盪出空翻後落地。

她拍拍雙手的塵埃，讓風吹動綁起的頭髮，嗯一聲微微點頭。

「不管森人，還是凡人。礦人和蜥蜴人也是。大家都一樣。不是嗎？」

「妳，該不會……」

就在戴花冠的森林公主正要提問之際。

一陣像是從地底發出、震耳欲聾的叫聲響起。

隨著這聲雷鳴般的吼叫，一部分樹海可以看見無數紅鶴急忙飛上天空。

無數樹木應聲折斷的聲響接連響起，掀起了塵土。

「姊姊，趴下！」

「呀!?」

妖精弓手迅速站到能護住姊姊的位置，手繞到背後，大弓卻放在房內。

她啐了一聲，但長耳朵瞬間一震，嘴角揚起。

猛然舉起右手，下一秒，赤柏松木的大弓已經飛到手上。

「怎麼了。」

「真是，別亂扔人家的武器好不好？」

不用回頭也知道。

是那個戴著廉價鐵盔，身穿髒汙皮甲，腰間掛著一把不長不短的劍，手上綁著一面小圓盾的人。

完全武裝的哥布林殺手一如往常，若無其事地衝出客房。

「哥布林嗎？」

「不知道。」

妖精弓手把他接著扔來的箭筒迅速綁到腰上，長耳朵頻頻震動。

「從對面傳來的……姊姊拜託你了。」

「好。」

哥布林殺手從腰間的雜物袋取出投石索，纏上石彈。

他單膝跪地，往戴花冠的森林公主頭上舉起小圓盾。

「就這麼爬進客房。」

「叫、叫我在地上爬……!?」

「如果是哥布林，也可能朝這邊射箭。」

妖精弓手側目看著啞口無言的姊姊，竊笑幾聲，飛身上了露臺的護欄。

她穩穩調整好姿勢，再度跳躍。沿著大樹的樹幹往上奔跑，跳向較粗的樹枝。

過程中沒弄掉一根枝枒、一片樹葉，森人的身手果然有一套。

「……嗯……嗯嗯!?」

接著她瞪大眼睛。因為看見了一樣不應該存在的事物。

是隻巨大的野獸。

柱子般的腳踩陷大地，粗繩般的尾巴甩出風切聲。

背上長出的扇形板子在活動，牆一般的軀幹裹在厚實的皮裡。

長槍般的角掃斷大樹，王座般的背部推測至少也有五十呎（約十五公尺）高。

巨獸轉動藤蔓般的脖子，張開布滿銳利牙齒的雙顎。

「MOOOKKEEEELLL!」

「原來如此。」

哥布林殺手在撼動的空氣中，從露臺瞪著遠方的巨獸，開口說道。

「那就是，大象嗎。」

「才不是！」

妖精弓手尖叫般吼了回去。

只是話說回來，她此生也是第一次看見**他**。

但只要是住在這片叢林裡的森人，每個人都知道**他**。

「艾美拉・恩圖卡（水獸殺手），姆比耶爾・姆比耶爾・姆比耶爾（背板者），恩格瑪・莫內內（蛇之大神）！」

也就是——……

「魔克拉・姆邊貝（斷河之物）……！」

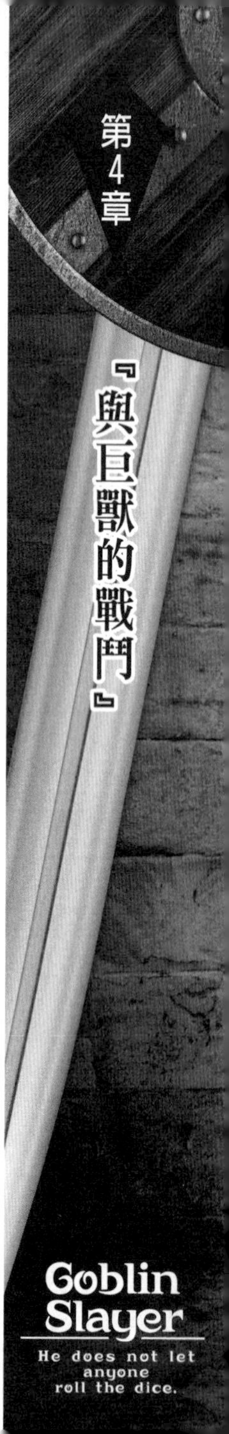
Goblin
Slayer
He does not let
anyone
roll the dice.

第4章

『與巨獸的戰鬥』

哥布林殺手在櫸木中往下跑，和同伴從樹根往上跑，幾乎是在同時。

團隊在森人城前會合後，聽見遠方傳來樹木被掃倒的聲音，不由得停下腳步。

「現在是什麼情形!?」

「一種叫什麼來著的怪物在大鬧。」

哥布林殺手對大聲嚷嚷的礦人道士扔出不成說明的說明，轉頭看去。

「她們兩個呢。」

「啊，是。我請她們先回房間，在裡面等候。」

回答的是頭髮和肌膚都微微帶有水氣的女神官。

想必是從沐浴場急忙趕來的。

她臉頰發熱，手按胸口，按捺呼吸與心悸。

「我想那裡大概很安全。」

「錯過了嗎。」

在。

——也罷。

哥布林殺手立刻做出這個結論。

相信再也不會有什麼地方比森人的城裡更安全。即使絕對安全的地點並不存

雖然看不見的確是個難點，但難點本來就多得像座山，再怎麼在意也是白搭。

「MBEEEEENEE！」

怪物吵鬧的咆哮仍然震耳欲聾，卻聽不見森人的吆喝聲。

儘管背著箭筒的森人戰士——獵師——已開始沿著枝葉跳向定位。

「看來是有所顧慮，不敢進攻吶。」

蜥蜴僧侶以甚至顯得悠哉的模樣，摸著下顎低聲道。

「雖不常聽說森人擅不擅長打仗，相信也不是全無經驗。」

這四方世界，從神代以來，戰亂始終不絕。

無論森人多麼盼望充滿安寧與平穩的循環，都躲不過戰事。

面對混沌勢力來犯，不曾執起弓箭的森人，少之又少。

「那可是斷河之物耶？要是射殺他搞得河川氾濫，可不是開玩笑的。」

妖精弓手知道答案。

她也同樣搭起箭微拉弓弦，但似乎不知如何是好。

長耳朵頻頻顫動，聽取四周的聲響。

「勒拿九頭蛇（Lernaean Hydra）……凡人是這麼稱呼吧。」

「……？」

女神官睜大眼睛，歪了歪頭。

「九頭蛇，不是應該有很多頭嗎……像這樣，有好幾個……」

「這傢伙還**年輕**。」

明明從我小時候就在了——妖精弓手以嚴峻的表情咕噥道。

「至少，是尊貴的生物這點不會變。叫什麼都一樣沒辦法啦。」

況且連打不打得贏都不曉得。聽妖精弓手這麼說，女神官神色肅然地點點頭。

「也就是說，得想辦法壓制他的行動，讓他回到森林去才行了對嗎。」

這目標聽起來是多麼困難，多麼艱辛……

但她雙手用力握住錫杖，以下定決心的表情說：

「我們好好努力吧！」

有人笑了。是一種忽然鬆懈下來，心神放鬆的笑。

蜥蜴僧侶往遠方辨識出巨大怪獸的模樣，愉悅地說道：

「沒想到能獲賜吃掉可怕龍之後裔的機會。善哉！」

「……不要吃好不好？」

被妖精弓手半信半疑地一瞪，蜥蜴僧侶正經八百地開了口。

「獵兵小姐，我們馬上沿他的頸部跑上去，往他眼睛射箭吧！」

「就說不可以殺他了！」

「那妳射個腳或肌腱就不就得了。」礦人道士說。

「……生物也可能不是死於箭傷，是被中箭的事實驚嚇而死呀。」

「他的心臟總比跳蚤大吧。」

「但。」

哥布林殺手正視徐徐接近的怪獸，低聲說了。

「不論如何，都有必要追上去射箭。」

被掃倒的樹木後頭，終於露出他那異樣的姿態。

以大樹般的四隻腳穩穩踏住地面，用巨大的尾巴與脖子掃倒樹木的灰色巨獸。

似龍（Dragon）而非龍。似蜥蜴而非蜥蜴！

目睹據說會與彩虹一起出現的半神半獸，也難怪蜥蜴僧侶會大為感歎。

「噢噢，腕龍（Brachiosaurus）或雷龍（Brontosaurus），又或者阿拉摩龍（Alamosaurus）也不過如此……！」

他感動已極地說完對可怕父祖龍的祈禱後，發出吵鬧的怪鳥聲。

「真沒想到會在這樣的地方見到……！」

「看，他的背。」哥布林殺手以平靜的嗓音，引導眾人的視線。

「唔……！」就不知發出這聲低呼的，會是團隊的誰。

魔克拉·姆邊貝站立的高度，大約有五十呎。

他的背上長著成排像是鰭的板，每當巨獸使起蠻勁，就會發出唰唰聲晃動。

但還不只這樣。

背板的縫隙間，有個微小的黑影正搖搖欲墜。

人影硬是攀在背上，拚命揮舞雙手，似乎在嚷嚷些什麼。

「那是……鞍？」

妖精弓手眨了眨眼，接著就像看到不可能存在的事物一般，瞪大了眼睛。

「——哥布林!?」

正是。

一隻哥布林攀著魔克拉·姆邊貝的背鰭，亂噴骯髒的口水。

妖精弓手記得。

先前在牧場，還有昨天在河上，攻擊他們的醜陋生物。

「小鬼騎兵……」

女神官第一次目睹難以置信的事物，不由得嗓音顫抖。

如果是騎灰狼之類的動物，還算可以理解；即使換成馬或驢子，儘管會吃驚，相信也不至於害怕。

然而，可是，啊啊。

「這算是……小鬼的……龍騎兵（Dragoon）嗎？」

「怎麼看都不像有在執轡繩。」

哥布林殺手的口氣，像是淡淡陳述事實。

「然也，然也。」蜥蜴僧侶表示同意。

「但即使是不通騎術的傢伙，要拍馬前進倒也不難……大概就是這麼回事吶。」

「你怎麼看？」

「騎手不具任何威脅。只是話說回來……」

蜥蜴僧侶手按下顎，眼珠子一轉，深思熟慮地看著魔克拉・姆邊貝。

「正所謂射將先射馬。那麼若要射馬，按理就該先射將。」

「凡事有備無患。」

哥布林殺手面朝頭頂，望向分配給他們的客房露臺。

「不論如何，那隻哥布林都得殺。沒理由放他活命。」

「那，就由我來！」

第一個舉手的是妖精弓手。

與輕鬆語調成反比，她以犀利的視線瞪向跨在魔克拉・姆邊貝背上的小鬼。

「坦白說，我現在有夠火大的。哥布林。昨天也來今天也來，這裡可是我家耶！」

哥布林殺手點頭。

他點頭，同時輕輕拍了妖精弓手的肩膀。森人的長耳朵一震。

「那個叫……什麼來著的傢伙由我牽制。你們來幫忙。」

「正有此意。」

「當然，當然。」

妖精弓手被拍了肩膀後就這麼僵在原地，蜥蜴僧侶與礦人道士則一如往常。

尤其是在這種場面，哥布林殺手的判斷……不。

應該說他「會搞出不得了的事」這點，透過這一年的來往，這些成員都已經非常清楚。

他們會把頭目的重任，交付在這個奇妙、古怪又另類的冒險者身上，自然有其理由。

「請問，我……」

「準備療傷。」

女神官畏畏縮縮地發問，哥布林殺手的指揮也毫無滯澀。

「既然殺了會不妙，讓他受傷大概也不太妙。」

於是方針決定了。

妖精弓手舉弓伺機奇襲，礦人道士手探進裝觸媒的袋子。

蜥蜴僧侶抓起龍牙準備祈禱，女神官緊握住錫杖，對地母神獻上禱告。

哥布林殺手也伸手要去拿自己的裝備……

「喂！你們幾個在做什麼！」

這時一道尖銳的吶喊，像箭一般飛來。

想來他先前都在引導逃至屋外的婦孺避難。

戴閃亮頭盔的森人把村子巡過一圈，因緊張與亢奮而冒汗。

「啊，哥哥，沒事沒事。」

妖精弓手卻毫無緊張感地回以傻笑。

「我們很習慣這種狀況。」

「但那是……！」

「我的。」哥布林殺手打斷他的話頭。「我的工作。」

低聲補上一句，哥布林殺手抽出劍，手腕一轉。

對手是哥布林。

哥布林。

那麼答案更不必多說。

「殺哥布林，是我的工作。」

§

樹木被掃倒。咆哮聲大作。

巨獸頂著利齒橫衝直撞，一副要把所見之物殺伐殆盡似的前進，對攀在自己背上的小鬼也絲毫不放在心上。

若說小鬼的目的就是讓巨獸狂暴，那麼他的確達成了任務。

然而他似乎還真把巨獸當成自己的坐騎，執著轠繩滿口咒罵。

但無論哥布林如何鬼叫，也不會有任何效果。

魔克拉·姆邊貝並非能被駕馭的存在。

「GOO！GRRB！」

「MBEEEMMMBE！」

只是話說回來，他對森人之村是一大威脅，這點並沒有變。

巨獸逐漸穿過叢林，一步步拉近與村子之間的距離。

——要是他就這麼闖進來！

在樹林上飛奔著觀望情形的森人們，也無法貿然出手。

頂多只能請求土或樹木的精靈，在他的行進路線上構築路障。

這些路障會被魔克拉·姆邊貝輕而易舉地摧毀，不過仍遠比沒有要好。

世上恐怕沒有森人，敢對神獸拉弓。

照理說沒有，但——……

「嘿、咻……！」

這位自由奔放、以豹一般敏捷的動作疾馳的妖精弓手，就是少數例外。

她在樹枝上飛奔，跑過藤蔓，在半空飛躍之際，以優美的動作射出樹芽箭。

箭矢咻一聲破風而去，卻射在魔克拉·姆邊貝的背鰭上彈開。

「……唔。」

對方的動作比她意料中更快。

森人中的長輩們對這不遜的年輕人發出責難聲，妖精弓手嘴裡唸著失策失策，

但並未因此氣餒。

她舔了舔嘴脣，一會蹬地一會蹬樹皮，轉眼加快了速度。

妖精弓手輕而易舉地追過灰色巨獸，一口氣爬上樹，抓住樹皮上的苔衣。

「雖然有點不好看，可是……！」

她以單手單腳維持住姿勢，以剩下的手抓住弓，用嘴啣箭。

就這麼咬緊牙關，拉緊弓弦，放開。

「ＧＯＯＲＢ!?」

一聲哀號傳來。

樹芽箭穿針引線似的穿過背板間的縫隙，精準射穿了小鬼騎兵的眼窩。

哥布林抓住插在右眼的箭，痛得全身僵硬，從巨獸軀幹滾落後被一腳踏扁。

從魔克拉．姆邊貝踏實的腳印中，只能窺見還保有原形的四肢。

「過去你們那邊了！」

「唔。」

妖精弓手蹙眉大喊，回答的是蜥蜴僧侶。

他牢牢以雙腳踏穩大地，張開雙臂，擋在魔克拉．姆邊貝的去路上。

處在亢奮狀態的巨獸從叢林深處直逼而來，他卻連一片鱗片、尾巴上的一條肌肉都文風不動。

「這對手沒得挑剔。我倆就來比個高下吧。」

蜥蜴人的雙顎高高昂起，露出猙獰笑容。

贏了是榮譽，即使在這裡落敗而死，也能爭取到時間。

孰勝孰負都無所謂，那麼，唯一該做的就是堅定覺悟向前挺進。

為了同胞，與同為可怕巨龍後裔之敵對峙，再也沒幾個蜥蜴人能擁有如此殊榮。

善哉！

他將大氣深深吸進肺腑，滿懷希望地想著死亡。

就和所有蜥蜴人一樣，心中不存在比戰死更可貴的事物。

因為投身循環不息的生命螺旋中，讓靈魂熾烈昇華到龍的領域，就是彼之所望。

「咿咿咿咿咿咿咿咿咿呀啊啊啊啊啊啊啊啊啊啊啊啊啊啊！」

不借用父祖之力，蜥蜴僧侶自身的「龍吼(Dragon's Roar)」，有如吐息(Breath)一般迸發。

從肺腑噴出的熱風，撼動了大氣，往整個世界散播開來。

「MOOOOOBMMBE！」

魔克拉．姆邊貝也發出咆哮回應。

巨獸以後腳踏穩地面，前腳踱步，眼看就要撲向眼前的蜥蜴人。

他貴為高階生物，不知是否會害怕蜥蜴僧侶這麼渺小的存在。

但不管怎麼說，有不遜之徒膽敢向他挑戰，的確成功激發了他的敵意。

高高舉起的前腳，眼看就要像戰鎚一般砸向蜥蜴僧侶……

「『喝吧歌唱吧酒精(Spirit)，讓人作個唱歌跳舞睡覺喝酒的好夢吧』。」

巨獸嚴重失去平衡，腳下踉蹌。

悶響中踏得泥水飛濺的重重一腳，落在蜥蜴僧侶前方大老遠處。

「哎呀。唔，這樣一來——」

「平手啦平手。這樣算可以吧？」

是「酩酊（Drunk）」。

礦人道士不知何時已來到蜥蜴僧侶身旁，一手拿著酒瓶施展了法術。

哪怕身處森人之村、森人的領域，酒精終究和礦人是老交情，和神也是。

「MOKEEEEKEKELE……」

魔克拉・姆邊貝被酒精噴個正著，搖搖晃晃地甩著頭。

「不錯，有機會喔，嚙切丸！」

「好。」

礦人道士大喝幾聲，在後方——巨樹底下待命的哥布林殺手展開行動。

他迅速從雜物袋中掏出一只像蛋的物體，順勢擲出。

「MOLLLKEEEEL！？！？！？」

顏面上炸開的劇痛，讓魔克拉・姆邊貝在醒轉同時痛得弓身大吼。

摻了辣椒與蟲的粉末等刺激性物質的催淚粉，一旦挨個正著，會有這種反應也是在所難免。

魔克拉・姆邊貝視野被封住，意識朦朧，自己也不明所以地瘋狂掙扎。

他胡亂揮動脖子、角、背板、尾巴的模樣，簡直像場小型的暴風雨。

要是貿然接近，恐怕下一秒就會被打飛。

「那麼，請問我們該怎麼做？」

女神官在一旁待命，此時以略顯僵硬的表情與嗓音問道。

或許是在緊張吧。哥布林殺手對她窺探神色的視線，似乎也不放在心上。

「已經奪去判斷力。」哥布林殺手淡然續道，「接下來才要動手。」

話一說完，他便仰頭舉起一隻手。

「放下。」

「咦，可以嗎？不要緊了？」

前方——大樹的露臺上，牧牛妹戰戰兢兢地探出頭。

「無所謂。」

她半信半疑地點頭說知道了，將手伸向散在地板上的東西。

這些東西很占空間，分量又沉，即使平常就透過務農鍛鍊出好體格，仍相當吃力。

還好有兩個人——想到這裡，她朝在眼前幫忙的櫃檯小姐看了一眼。

「那，我搬這邊……」

「我負責這邊，對吧。那麼，喊預備就一起出力。」

「嗯，好。預備……！」

兩名女子合力抬起、扔出樹屋外的，應該說是一大團繩子。

先前哥布林殺手編成的那一大綑皮繩。

掉在地面的這些繩索甩出波浪狀，彷彿生物似的翻騰了一番。

「呀！」

女神官嚇得忍不住跳開，但哥布林殺手不理她，抓起整團繩索的邊緣。

「妳在那等著。」

「還好嗎？」上頭傳來關心的聲音，他揮手要她退開，隨後把繩索扛到肩上。

蜥蜴僧侶拿起垂下的末端，「唔」了一聲，看得興味盎然。

「所以，就是要把這個？」

「扔到」哥布林殺手說了。「他的腳下。」

「只要扔過去就好？」

「不行再想別的辦法。」

「有理，有理。」

兩名戰士精準維持距離，敏捷地跑了起來。

「唔喔！」礦人道士往後跳開，「哦——」從上俯瞰的妖精弓手發出感嘆聲。

一步、兩步、三步。

哥布林殺手一口氣拉近最後一段距離，隨手抛出了繩堆。

而魔克拉·姆邊貝當然無暇顧及這些繩索。

半神巨獸以他的大腳踩上去，這一踏的衝擊帶得繩堆舞動。

飛舞的繩索纏住他的腳，延伸出來的無數分支在樹木間甩繞，也纏了上去。

「喔喔？」

蜥蜴僧侶看著這情形，想通似的摸著下巴，眼珠子一轉。

「這招不錯吶。」

「還不知道。」

「可就算置之不理，繩索終究會糾纏住東西吧。」

巨獸在受阻的視野、天旋地轉的地面，以及龍的咆哮聲中，持續拚命掙扎。

然而愈是掙扎，飛舞的繩頭就愈會纏上樹木、枝葉或草叢。

即使想掙脫，綁在繩子上的石頭也會讓擺動情形變得笨重……

「MBEMBEMBEMBE！？！？」

很快的，極限到了。

魔克拉．姆邊貝被五花大綁的巨大身軀，終於往旁一歪。

這樣一來，就再也站不住。

一旦開始傾斜，之後就是直線通往摔倒。

魔克拉．姆邊貝在撼動大地的轟隆巨響中，側身倒了下來。

「……打、打倒了……？」

「雖然只是字面上的倒。」

巨獸震得塵土飛揚，發出無力的叫聲。

哥布林殺手轉頭看向茫然呆站在原地的女神官，她便微微點頭。

然後緊抓住錫杖閉上眼，柔聲細語地短短喚出地母神名號，祈禱。為了死去的小鬼。

「……可以嗎？」

「好的。」女神官點點頭。「我馬上幫他治療！」

「拜託了。」

「來，我陪妳去。」

礦人道士讓酒精在瓶中晃得噗通作響，拍了拍肚子自告奮勇。

「要是他又鬧起來，我就再用『酩酊』讓他睡著。」

「不好意思，麻煩你了！」

女神官啪噠啪噠地跑過去，礦人道士咚噠咚噠地跟上。

魔克拉．姆邊貝喉頭傳來聲響，醞釀出危險的氣息，但——

「『慈悲為懷的地母神呀，請以您的御手撫平此人的傷痛』……」

當女神官向地母神祈求治療後，他身上所受的傷勢就漸漸痊癒。

神的旨意在此。既然他更接近神而非獸，相信也就能夠理解此事。

哥布林殺手側目看著巨獸漸漸安分下來，踩著大剌剌的腳步前進。

走向被這巨獸踏扁、卻絲毫不會讓人覺得可憐的——哥布林的屍骨。

「……唔。」

血肉、內臟與骨頭都被踏得稀爛的屍塊上，還混著皮甲的殘骸。

另外就是雖然折斷且碎裂，八成被他當成武器攜帶的短劍類兵器。

至少不是石器。是鐵器……鐵製刀刃。可以確定他有管道可以弄到這種好貨。

「……剛剛那種圈套，你是從哪裡學來的？」

忽然有個聲音對哥布林殺手問起。

「那是捕捉大型猛獸用的老方法。」

就像乘著瑟瑟吹過的風，不知不覺間，戴閃亮頭盔的森人已經出現。

他肩上掛著森人的大弓，脅下抱著用藤蔓編成的一捆繩索。

「只要把繩索扔到腳下，野獸就會自己纏住而絆倒。真沒想到你事先就做好了準備。」

「因為我聽說了**大象**的事情。」

「……什麼？」

對於來到蹲下的自己身旁的他，哥布林殺手看也不看一眼地說了。

「再過去，還有其他村落嗎。森人以外的種族也算。」

「不，沒別的村子了。從鎮上來的藥師之類的訪客會留在森林外圍。此外，雖然最近很少……」

戴閃亮頭盔的森人手按下巴，思索著回答。

「偶爾會有冒險者跑進森林，想取得祕藥的藥材或獸皮……基本上回不去。」

「是嗎。」哥布林殺手點點頭，把手上的鐵刀夾進腰帶。「……是嗎。」

「你沒回答我的問題。」

「我父親，是村裡的獵師。」

哥布林殺手看也不看他一眼，搖了搖頭。

「就只是這樣。」

沒多久，太陽西沉前的最後餘暉，從地平線另一頭消失。

兩個月亮漸漸將朦朧的光，投向叢林之中。

§

會議在延宕。

森人原本就有著悠久的壽命，他們開起會來，又哪有不冗長的道理？

年長者聚集在一起，圍坐一圈，在夜光蟲的燈光下討論村子的未來。

神獸魔克拉‧姆邊貝的暴衝(Stampede)，以及捕捉住他的不遜行為。
鄰近區域出現的哥布林群體。哥布林很多，不是世間的常態嗎？
他們襲擊船隻、襲擊冒險者的事實。說起來讓凡人在森林裡胡作非為本來就不是好事。
那麼哥布林跨坐在神獸上又怎麼說？小鬼有這樣的勇氣嗎？
各種議題都有正反意見碰撞，這樣如何，那樣又如何，不斷累積。
為了避免誤解，在此先做個說明。
森人並不愚昧。
森人是極為聰明的種族。放眼整個四方世界，他們的智慧都無與倫比。
正因如此，他們偏好先將所有的可能性與意見都表述一輪。
他們深知所有人都一心一意朝各自的方向猛衝，是多麼愚蠢的行為。
在提防小鬼有所圖謀之餘，倘若這件事是不值一提的虛驚呢？
那麼把資源分配到處理那些小鬼上，顯然就會產生別的問題。
會是其他不祈禱者(NPC)的襲擊，還是與凡人之間的糾紛？
答案往往會指向前所未有的威脅。
凡人只看得到石子扔向水面掀起的漣漪，森人的目光卻更加深遠。
對比連十年後的事都無法考慮的凡人，森人卻會神馳百年、千年之後。

所以嘲笑森人缺乏行動力、膽小、愚昧，往往只是凡人的傲慢。
於是攪拌腦汁(Brainstorming)的會議開個不停。
妖精弓手敬謝不敏，早就溜了出去。
她吹著夜風，打了個呵欠。
從客房露臺跳上一棵大樹的樹枝，向某處飛奔。
用耳朵享受樹葉被微風吹動的聲響，想像雲朵飄往何方，望著雙月與星星的光輝。
這是最適合躺下來享受整個世界的地點之一。
——反正那傢伙的結論早已定了，說再多也是白費工夫。
無論森人的會議結果如何。
哥布林、哥布林、哥布林、哥布林。歐爾克博格會往哪去，不用想也知道。
自己本來就是個離開森林的叛逆分子，是個對神獸射箭、不知好歹的年輕人。
沒有責任要聽從長老會議的結論——吧，應該。大概。
妖精弓手一邊顧著明明是夜晚卻不知打哪飛來的鳥兒，一邊想著這樣的念頭，笑了出來。
結果……
「……妳(阿達納)。」

一根枝枒、一片葉子都不曾搖動，就聽見一道樂器般的嗓音。

明明並未受到責怪，妖精弓手卻慌了手腳，放走了這隻腳上綁著短管的鳥。

拍動翅膀飛走的鳥兒，隨即鑽進做為會議廳的大廳窗戶。

「又爬上這種地方（埃拖波尼諾洛可坦諾卡塔姆），沒規矩（伊阿納奇沙夫）。」

「哎呀（阿拉），姊姊還不是爬了上來（伊阿納由裘雷特波內塔達賽恩）？」

妖精弓手探頭般把頭往後仰，像隻貓似的瞇起了眼睛。

上下顛倒的視野中，看見的是裹在豐滿肢體上的銀絲禮服。

妖精弓手認出姊姊正無聲無息地踩著樹枝過來，以輕巧的動作起身。

「這樣好嗎（歐尼依）？不去開會（埃茲卡內迪基阿克）。」

「我都交給爺爺他們了（阿瓦奇賽沙卡莫依納塔加瑪西依喬）。」

戴花冠的森林公主露出憂鬱的表情，緩緩搖了搖頭。

顯然她也溜出了會議。

雖說是族長的女兒，也就是森人的公主，但要在會議發言，論年齡還不夠。

對森人而言，輩份乃是鐵打不動的真理。

正因如此，要評斷一位命定者，就會觀察此人的行動。

「……妳打算動身（依洛姆資其）？」

「這能放著不管嗎（歐依賽迪阿內可埃資歐）？」

不知道這句話是針對哥布林，還是針對哥布林殺手。

即使姊姊問了，她多半也只會含糊地笑而不答。

說不定，連妖精弓手自己都不清楚真正所指為何。

「……妳明白嗎（歐努里埃塔卡烏）？」

正因如此，戴花冠的森林公主才要問。

她不明白妹妹究竟有什麼想法，為何當了冒險者。

即使是上森人，也並非就有能力看穿他人心思。

「凡人的壽命（希特尼歐努姆烏雅），很短暫（歐攸尼阿其吉姆）。」

她走在樹枝上的腳步毫不搖晃，彷彿自己就是大樹的一部分。

令人愈看愈覺得她是綻放在這樹上的一朵花。

「會像星星眨眼一樣（烏阿米賽提克），轉眼就消失（依努歐由卡塔塔瑪基索夫）。」

戴花冠的森林公主說著，朝夜空閃爍的星星伸出手。

這些閃閃眨動的光芒很遙遠，摸不著。那是雨滴的入口。燃燒的風（Phlogiston）。

姊姊像是要抓住摸不著的事物，讓妹妹看得嘻嘻一笑，自己的手也伸向天空。

「我明白的（歐攸努里埃塔卡烏），姊姊（阿瑪賽恩）。」

妖精弓手白嫩的手指，在空中畫了個圓。

「所以啊，我會這麼想。」

那是如歌唱般的共通語（Common）。

森人這種生物，為何如此典雅，如此優美呢？

不，又或許是不被一族的框架綁住、離開了森林的這名女子才這樣？

「我不知道他的壽命，是剩五十年、六十年、還是七十年。即使明天就會結束。」

月下，妖精弓手露出了甚至可窺見一絲稚氣的幼嫩笑容。

「如果只是這麼點時間，我就想說奉陪一下也沒關係。」

若要舉例，就像小酌一杯醉人的酒。

就像在泡沫般的夢裡打打瞌睡。

這是不死（Immortal）的上級森人，才擁有的特權。

命定者的人生，正是轉眼就會消逝、有如天上星辰般的寶物。

就算伸出手也抓不住。即使抓住，往往也會燙傷。

「朋友，不就是這樣嗎？」

「……離別很難受的。」

戴花冠的森林公主，就像要甩開握在掌中的星星那般，朝微笑的妹妹揮手。

「也還好。」

妖精弓手微微撇開了視線。

「沒那麼嚴重。」

她說得不當一回事，下一秒，穩穩把腳甩到空中。

還來不及驚訝，她已騰空而起──

「礦人就說過呀。」

才這麼想，她又以巧妙的動作抓住樹枝，利用反作用力擺盪出弧線。

然後翻了個筋斗回到的位置，是她最喜歡的姊姊身邊。

「喝酒的樂趣，也包括了宿醉。」

「……我說什麼都沒用了吧。」

戴花冠的森林公主輕輕呼出一口氣。

她就像夜鶯凝視著月亮，瞇起眼睛細看自己的寶貝妹妹。

「妳從以前就是這樣。不管我怎麼說，妳都絕對聽不進去。」

「哎呀，姊姊不也是嗎？還擅自溜出會議。」

嘻嘻。妖精弓手吐露出小鳥鳴叫似的幾聲輕笑。

如貓一般瞇起的眼睛，賊笑兮兮地窺看姊姊的神色。

「像我就完全搞不懂那種死腦筋又頑固又正經的森人，到底哪裡好。」

「……這話由妳來說，對嗎？」

戴花冠的森林公主教訓妹妹似的噘起嘴，微微用力在她額頭上一戳。

小時候——超過一千年前，她們就是這樣互相嬉戲。

「好痛！」妖精弓手誇張地喊疼之餘，忽然想到。

曾幾何時，姊姊和自己的身高已經差不了多少。

曾幾何時，發現姊姊和表哥之間有著這樣的心意。

曾幾何時，不再只是姊姊的妹妹，而是想單純當一個森人。

接著姊姊要結婚了。她將不再是自己的姊姊，而是要成為妻子，成為王后。

追著河面漂流的葉子踏上旅程，明明沒過幾年。

卻覺得離開已有段漫長的歲月，甚至比一千年前的回憶還久。

「妳要平安回來……我等妳。」

「……嗯。」

妖精弓手輕輕點了點頭。

§

「……所以，這是在玩什麼把戲？」

戴閃亮頭盔的森人臉上寫滿了不悅，以優雅的動作坐下。

他神話雕像般的容顏顯得僵硬，由衷厭煩似的撥開被夜風吹起的頭髮。

就連這樣的動作都很典雅，想必是因為森人這個種族生來如此。

他的眼前——月下的露臺上，堆放了許多酒瓶，還有裝著炸洋芋的盤子。

「什麼把戲？」

而圍坐成一圈的幾個人之中，礦人道士捻著鬍鬚，理所當然地說了。

「單身時期的最後一個夜晚，和一群男人聚在一起喝酒，這不是一定要的嗎？」

「離婚禮還有好幾天，況且現在會議才開到一半。」

「森人的幾天根本可以當成誤差忽略，再說不管你在不在，會議都開不出個結果啦。」

「受不了，礦人就是這麼粗枝大葉。」

「所以我才說森人老在意芝麻小事。」

小心會短命。礦人道士這句玩笑話，似乎讓戴閃亮頭盔的森人十分敗興。

看他皺起眉頭一臉不愉快，蜥蜴僧侶轉了轉眼珠子圓場：

「不過，出征前總是要飲酒吧。不如就當成是為我等辦的送行會。」

還是說森人沒有這樣的習俗？聽他問起，戴閃亮頭盔的森人回答「有」。

「所以我並非不肯，只是……你們打算動身？」

「當然。」

答得毫不猶豫的，理所當然正是哥布林殺手。

這個戴著廉價鐵盔，身穿髒汙皮甲，武器片刻不離身的冒險者，明確地點了點頭。

「是哥布林。沒理由不殺光。」

「那，你打算如何進攻？」

戴閃亮頭盔的森人興致勃勃地發問之餘，想潤潤脣似的用舌頭舔了舔。

「假設那些哥布林的巢穴位在叢林裡……」

「唔。看走陸路還是水路。」

哥布林殺手雙手抱胸，沉吟起來。

「你怎麼看。」

「水路之外不作他想。姑且不論獵兵小姐，神官小姐應該受不了這叢林的暑氣。」

對於哥布林殺手的問題，蜥蜴僧侶答得甚至沒有一絲遲疑。

「地利屬於敵方。與其貿然踏破叢林，從河上接近還相對有勝算。」

「問題是木筏。」

哥布林殺手回想起來路說道。

「連擋箭牌也沒有，等於送上門去讓他們弄沉。」

「要加工，時間也不夠吶。」

「那些哥布林已經掌握到我們的存在。對他們來說，敵方做好防範就麻煩了。」

「拙速勝於遲巧。然也然也。」

哥布林殺手與蜥蜴僧侶並肩而坐，迅速擬定策略。

蜥蜴僧侶沉吟幾聲，扭動長脖子朝向礦人道士，也是常有的事。

「術師兄有什麼法子嗎？」

「這個嘛。」

吃著炸洋芋當點心的礦人道士舔了舔指尖，手伸進裝觸媒的袋子。

不知情的人看了，八成作夢也想不到這堆看似破銅爛鐵的玩意會是咒術道具。

他就像要摸清楚自己手上有什麼牌，在袋子裡翻來搗去，一會兒後深深點頭。

「頂多只能請風精靈幫忙防弓箭。不巧的是，我和風精處得不好。」

要鍛打鋼鐵，當然會用到地水火風四大元素，但只用風又是另一回事了。

「若是擔心這點小事，就由我來拜託風精(Sylph)吧。」

戴閃亮頭盔的森人答應下來，礦人道士朝肚子一拍：「那就太感恩了。」

但森人對心情大好的礦人喃喃說了聲「難以理解」，看向哥布林殺手。

「……坦白說，我就是沒辦法相信。」

「相信什麼。」

即將成為新郎的森人，似乎也決定參加酒宴，自己拿起酒瓶往角杯倒了一大杯。

「要知道這裡可是森人之村啊。那些小鬼會在附近、在這片叢林裡弄出個巢穴？」

即使實際追擊過小鬼騎兵，也親眼目睹他們驅使神獸魔克拉・姆邊貝暴衝，依舊難以置信。

「怎麼想都不覺得他們會做這種自不量力的事。」森人發著牢騷。

「嗯。」

哥布林殺手說了。

「我以前也這麼想。」

「唔……」

「哥布林雖然笨，但不是傻瓜。他們不會犯傻。但……」

礦人道士幫眾人斟了酒，將酒杯一一發下去。

哥布林殺手接過，喝了一口。

「你認為哥布林有聰明到，會把森人當威脅？」

說穿了，這就能解釋一切。

不去深思前因後果——只顧把今天出現在眼前的東西吃乾抹淨。

要是受到森人攻擊，受到冒險者攻擊，他們會抵抗，也會逃走。

若情況並非如此，對那群傢伙而言就只有一條真理。

『那些傻乎乎的森人活得正悠哉，我們就去襲擊搶劫強暴屠殺吧。』

就只是這樣。

因為平時就被這些森人搞得很慘。

殺掉是當然的。

強暴是當然的。

對於把自己放在弱者位子上美化動機這點，他們將會竭盡全力。

「不知不覺，村子附近就多了他們的巢穴。家畜、農作物和工具被偷。接著是人。最後是村子。」

「就算貧僧完全沒打算誇那些小鬼。」

蜥蜴僧侶從自己的行李之中拿出帶來的乳酪，津津有味地咬了一口。

他動著巨大的雙顎咀嚼，喉頭出聲吞嚥，然後一口氣喝光葡萄酒。

「他們的行動力和欲望本身，確實有可觀之處。」

「你這是在讚美欲望？」

戴閃亮頭盔的森人一問，蜥蜴僧侶便重重點頭回答「當然，當然」。

他揚起尾巴打坐，像要說法講道般大大張開雙手。

「歸根究柢，何謂欲？」

「我說長鱗片的，還不就是想吃好吃的東西啦、想跟女人上床啦、或是想要錢之類的？」

「嗯。貪是欲，朋友是欲，愛是欲，夢也是欲。事物的善惡只是其次又其次。」

弱肉強食，盛者必衰，適者生存，這當中沒有是非可言。蜥蜴僧侶揚起巨大雙顎笑了。

「所謂活著，就是欲求想望，因此即便是野草或昆蟲，生命都會勇猛地活下去。」

「……」

戴閃亮頭盔的森人「呼唔」一聲，佩服地嘆了口氣。

「這無非就是森人這個種族所欠缺的。」

「說得對。受不了你們老杵著不動。怎麼，是太胖嗎？你們是礦人嗎？嗯？」

「只是命定者過於汲汲營營罷了。」

「就因為這樣，才連討個老婆都得花上幾百年。」

「唔……別提這個。」

森人說得苦澀，蜥蜴僧侶愉悅地朝他吐了吐舌，倒了杯酒。

「來來，敬你一杯。」

「……好。」

森人拿著角杯一仰，臉頰已經泛紅。
「說是這麼說，你們也了解我小姨子吧。」
「嗯。」哥布林殺手點點頭。「已經來往一年……一年半了。」
「那可是她姊姊喔？」
戴閃亮頭盔的森人忿忿地將手伸向盤子，抓起一塊洋芋來吃，皺起眉頭。
「……這很鹹啊。」
「貧僧倒是喜歡這個鹹度。」
蜥蜴僧侶不當回事，抓起一把洋芋就扔進顎中。
戴閃亮頭盔的森人顯得不知該如何處理先前萌生的敬意，手拄起臉頰來。
「有其妹必有其姊。我永遠不缺煩心事，況且實在不覺得她喜歡我。」
「呵、呵呵。」蜥蜴僧侶把笑聲含在雙顎內。
「小鬼殺手兄同樣身為人弟，可有什麼想法？」
「哦？」戴閃亮頭盔的森人臉上露出親近感湧現的笑容。「你有姊姊？」
「貧僧記得先前曾耳聞過。」
「……很難說。」
哥布林殺手沉聲應著，喝了一口酒。
「我總是給姊姊添麻煩。」

「小毛頭就該給年長的人添添麻煩。」
礦人道士往空了的酒杯倒進滿滿的葡萄酒，鬍鬚遍布的臉上露出柔和笑容。
「沒啥好放在心上。」
「不行。」
哥布林殺手又喝光一杯酒，緩緩搖了搖頭。
「要不是有我，姊姊想必已經去了鎮上。」
這樣肯定比較好。他說得掙扎，接著又乾了一杯。
礦人道士幫忙倒葡萄酒，哥布林殺手隨即灌上一口。
「把姊姊困在村子的，是我。」
「說什麼傻話。」
戴閃亮頭盔的森人哼了一聲，一副不想領教的模樣。
「你會過問一年就枯萎的花值多少？落在沙漠的種子有何意義？會估量龍和老鼠的壽命？」
「這是在說啥呢？」
「森人的格言。」
礦人道士津津有味地喝著酒發問，戴閃亮頭盔的森人露出一副傳授奧祕似的模樣。

「無論在哪裡、怎麼活、是生、是死，全都一樣。一樣可貴。」

他豎起的手指，在空中畫了個圓。動作典雅而優美。

「天地萬物，生死一度。不過換個地方，又能讓幸福有什麼變數？」

「是嗎，」哥布林殺手點點頭。「……是嗎。」

「當然是。」

戴閃亮頭盔的森人說著深吸一口氣。

將充盈在森林中的夜晚氣息，毫不遺留地收進胸中。

愛是命運　命運即死

哪怕為少女效勞的騎士　遲早會落入死亡深淵

就連以空龍為友的王子　也將留下心上人而逝

倘若愛上聖女的傭兵　壯志未酬即葬身沙場

那麼愛上巫女的國王　亦改變不了別離之時

英勇事蹟的落幕　並非人生尾聲　因此

這場名為活著的冒險　將持續到命數終止

是戀是愛　孰生孰死

豈能輕言擺脫？　然而

這又有何可懼？

愛是命運　命運即死

「喔喔！」礦人道士讚嘆地拍手，蜥蜴僧侶興味盎然地轉了轉眼珠子。

戴閃亮頭盔的森人朗聲吟頌完，似乎覺得難為情，喝了一口角杯的酒。

「所以我要結婚。」

「……但，我給姊姊添了麻煩。」

哥布林殺手淡淡地說了。

「甚至沒能讓她結婚。」

「那麼，至少得好好報答她的恩情吶。」

「嗯。」

蜥蜴僧侶拍拍肩膀，哥布林殺手點點頭。

該想的事情很多，該做的事情更是太多。

「我是這麼打算。」

間章

『在圖書館找到要找的東西的故事』

——真是，這種事情比較適合知識神的神官來做的說。

存在於律法神殿角落的書庫中，妙齡的侍祭以憂鬱的表情嘆了口氣。

畢竟這裡的藏書，和對外流通——儘管仍屬高級品——的書籍不同。

過往的判例還算客氣，扣押後封印的禁書、魔導書、外法之書等等，在裡頭陳列得琳琅滿目。

書架被鐵鍊封鎖的區域也很多，更有不少即使看了書名也一頭霧水的書。

然而其中最讓侍祭憂鬱的理由，在於裝訂。

簡單來說，就是很重。

有豪華的皮封面，也有厚重的鐵封面，又或者施加了裝飾……

她必須將如此厚重的書從書架上取出，搬到閱讀臺上，看完後還得放回去。

這是相當粗重的工作，讓她深深覺得應該交給對此熟練的知識神神官。

——……只是，眼下的情況實在沒有辦法。

話說回來，這次受到襲擊的就是知識神的書庫。

她們身心都嚴重受創，不能再讓她們負擔更多職務了。

而且最重要的是——

「對不起，老是給妳添麻煩……」

「哪裡，一～點兒也不會！只要您不嫌棄，多少忙我都願意幫。」

侍祭明知安分坐在椅子上的上司看不見，仍朝她露出笑容。

——她都這麼拚了，這點小事算什麼！

劍之聖女。掌理這律法神殿的她，這一年來有了很大的改變。

當然，是往好的方向。

過去的她實在太超然，甚至有點不把自己當人的跡象。

但侍祭知道，她不時又會露出像是走失孩童般的表情。

舉例來說，在寧靜的夜晚。

負責貼身服侍的侍祭，知道劍之聖女會溜出寢室，就像溺水者抓住浮木似的在禮拜堂祈禱。

然而——也不曉得怎麼回事。

「所以，敢問情況如何呢？查出什麼了嗎？」

「如果借用妳的說法……」劍之聖女嘻嘻一笑。「就是還一～點兒進展也沒有。」

如今她的表情漸趨柔和，像這樣開心談笑的情形也變多了。

這一年來，也不再看到她在夜裡祈禱。

如果這些都是拜那位奇怪的冒險者所賜，那麼侍祭就非得感謝他不可。

——只不過，偶爾看她像個小孩子一樣鬧彆扭，感覺就實在有點……

「嗯……」

侍祭苦笑時，劍之聖女仍持續進行判讀的工作。

右手按著黏土板，左手滑過放在閱讀臺上的書籍。

她說紙張和墨水的觸感差異，讓她能靠撫摸讀出文字。

這件事本身就非常驚人，但更讓侍祭佩服的，是她能夠理解那些文字。

常有人以「不想接觸可怕的知識」為由，避學古代文字。

他們忌諱文章本身所蘊含的詛咒，或是接觸到超乎想像的真相而導致精神崩潰。

雖說讀寫本身就是難能可貴的技能，但身為一個探索者，這樣真的好嗎？

要挑起戰鬥，就非得理解對手不可。

如果是哥布林也還罷了，若碰上魔法師或邪神這樣的對手……

「……啊啊，這個……我有印象。」

劍之聖女忽然發出的聲音，讓侍祭驚覺回神，抬起頭來。

「查出來了嗎？」

「是啊。呵呵，不曉得他……究竟如何呢。要是知道，多半派得上用場就是了。」

然而，想必他對此不會感興趣。

劍之聖女遺憾地沉吟著，闔上沉重的鐵封面，輕輕舒了口氣。

「說來不好意思，可以請妳準備紙筆，還有信鴿嗎？」

「您不會又要寫情書吧？」

侍祭苦笑著叮嚀一聲，劍之聖女不禁埋怨「真是的」鼓起臉頰。

「是要寄給陛下，和森人族長的信啦。公私我好歹分得清楚！」

侍祭敷衍地點點頭，拉開抽屜，備妥羊皮紙、筆，以及臘與印。

鴿子就等信寫完了再帶來吧，並祈求眾神的庇佑。

既然劍之聖女這麼說，相信這肯定是攸關世界存亡的大事。

「這是否表示……世界的危機果然尚未離去，這世上冒險的種子也取之不盡呢？」

「是啊。難纏的對手，可怕的對手。也許世界真的會毀滅。」

可是──劍之聖女輕聲說道。她的纖纖玉指按上臉頰，宛如花朵綻放一般輕啟朱唇。

「既然那一位要拯救人，那麼我們就得拯救世界才行。」

第5章
『叢林巡迴』

Goblin Slayer
He does not le anyone roll the dice.

啾啾啾的鳥語聲。從窗戶射進樹葉縫隙間灑下的陽光。深邃森林特有的綠色香氣。

每一樣都足以讓牧牛妹的意識從睡夢中醒轉，卻都不是直接喚醒她的原因。

「嗯、唔、哼，哈啊啊啊啊……」

她一邊掀開毛毯，一邊大大打了個呵欠。早晨的寒氣，讓一絲不掛的肌膚覺得舒暢。

但看來是沒空好好享受這種舒暢了。

促使她醒來的，不是別的。

唰。唰。是從分配到的客房外傳來的金屬摩擦聲。

「……好！」

牧牛妹在自己雙頰上一拍，提振精神，將豐滿的肢體塞進衣服裡。

她急急忙忙穿上內衣褲，扣上襯衫的鈕釦，然後……

——褲子，褲子……！

明明沒那麼胖，但就是無法順利穿進去。或許是因為慌張，手指都不聽使喚。

「啊啊，真是的……！」

她嘖了一聲，心想反正平常也沒那麼在意，有什麼關係嘛。

牧牛妹以內衣褲上只披著一件襯衫的模樣，一口氣拉開了起居室內用來隔間的布簾。

「——早、早安！」

「唔……」

所料不錯，他就在那兒。

一如往常的廉價鐵盔、髒汙皮甲，腰間不長不短的劍，左手綁著小圓盾。塞了繁雜道具的雜物袋也掛在身上，隨時都可以出發的行頭。

她像要轉移注意力似的「呃」了一聲，用力抱住自己的手臂。

「……已經要出發啦？」

「因為哥布林的巢穴，十之八九在上游。」

他點點頭。

「要是被放毒就麻煩了。」

「那樣，的確很討厭呢。」

說完牧牛妹含糊地笑了。

天氣、太陽、還有舅舅，這許許多多日常的念頭在腦子裡轉啊轉的。

轉是會轉，但——……

「呃……要小心喔？」

到頭來，從喉嚨擠出的卻是這些不痛不癢的話。

他點點頭回應。

「嗯。」

接著踩著大剌剌的腳步，走向門口。

牧牛妹幾次朝他的背影張開嘴，到頭來還是一個音也發不出就閉上。

「妳也……」

他手放到門上，說到一半，又微微搖頭。

「妳們也是。」

門發出聲音打開，又發出聲音關上。

牧牛妹嘆了口氣。

她將手掌按在臉上，順勢猛抓了自己的頭髮好一會。

啊啊，真是的。口中發出小小的牢騷聲。

「……他走了嗎？」

忽然間，一個說話聲伴隨細微的衣物摩擦聲，從背後傳來。

「……嗯。」

牧牛妹微微點頭，用力擦了擦臉頰，緩緩轉過身去。

「這樣好嗎？不打聲招呼？」

「這個嘛」穿著睡衣的櫃檯小姐為難地搔搔臉，露出無力笑容。

「我不想……讓他看見沒化妝的臉。」

「這心情，我也不是不懂啦。」

沒化妝，頭髮也沒梳理。但櫃檯小姐看上去仍然維持平素的美貌。

然而，牧牛妹也正值青春年華。

這種心情她明白。痛切地明白。即使如此……

「我還是，想讓他看到我平常的臉。」

「…………我好羨慕妳的勇氣。」

櫃檯小姐有點落寞地嘆了口氣。

牧牛妹想扯開話題似的搖搖手。

「我只是，不去想。」

因為這也許是最後一次。

然而這句話，她們兩人都說不出口。

§

森人的港口——樹枝有如棧橋般往河上突出的地方，已經聚集了一群冒險者。
「呼咪嗚……」
妖精弓手貓也似的瞇起眼睛，打了個大大的呵欠，還半夢半醒。
但其他冒險者已經忙碌地在把貨物搬到船上，進行出航的準備。
森人的船，是由有著銀色樹幹的白樺樹轉化為優美的淚滴形而成，然而……
「唔，來，嘿唷，嘿咻。」
礦人道士用木板在船緣設置擋箭牆，將它改造成一艘戰船。
「……就不能做得優美點嗎？」
「這就實在沒轍啊。畢竟是急就章，數量也不夠，沒辦法講究外觀。」
戴著閃亮頭盔的森人表情苦澀，礦人道士不滿地哼了一聲，捻了捻白鬍鬚。
「雖不想承認，我也不是自己喜歡才亂加些無謂的東西在這艘船上。」
也就是說，如果有時間也還罷了，應急的情況下頂多只能做到這樣吧。
森人似乎也認同這點，不再多說不中聽的話，朝風中伸手：
「『風的少女(SYLPH)啊少女，請妳接個吻，為了我等船隻的幸運』。」

旋風咻咻作響地隨著森人的歌聲起舞，開始圍著船隻繞行。

「我是森人，所以和精靈親近，但本分是獵兵、獵人。別指望太多。」

「知道，知道。」

礦人道士壞心眼地露出賊笑，側目朝妖精弓手一瞥。

「每個人都有會做跟不會做的事嘛。」

「……唔呦……」

妖精弓手用力揉著眼角，長耳朵無力地垂下，暫時沒有清醒的跡象。

「所以，她姊姊呢？」

「說是兩姊妹昨夜聊到很晚。」

「還擺脫不了睡魔（Sandman）嗎？」

戴閃亮頭盔的森人深深嘆了口氣，強忍頭痛似的按住眉心，掙扎著說：

「凡人（Hume）很勤勉……真希望我小姨子可以看齊。」

他視線所向之處，兩名已經上了船的神職人員正在對各自信仰的神祈禱。

「慈悲為懷的地母神啊，請以您的御手，引導離開大地的我等……」

「闊步在白堊之園的偉大聖羊啊，請賜予永世流傳的鬥爭功勳之一端。」

女神官雙手緊抓住錫杖，跪下祈求冒險的平安。

蜥蜴僧侶以奇怪的合掌手勢為始，舉手抬足向父祖承諾戰功。

雖然不是向眾神祈求神蹟，但確實得到了眾神的庇佑。

「……呼。」

女神官祈禱完，在隨著河水搖曳的船上擦去汗水，站了起來。

「其實求神是不太好的。應該要自己努力，不足之處才由天神協助。」

「哎，不過請求庇蔭本身，倒也不是那麼需要責怪的事。」

蜥蜴僧侶一邊以長著鱗片的手攙扶踉蹌的她，一邊予以肯定。

「換言之，乾坤一擲的大戰，竭盡全身全靈仍不讓我們取勝的神，不值得祈禱。」

「說到這個地步，又覺得好像不太對呢。」

一方是侍奉地母神的虔誠神官。

另一方是奉可怕的龍為父祖的龍司祭。

既然兩人信仰的神不同，想法自然有所差異。

但差異不代表敵對。

「不過我們還是加油吧。」

她嗯的一聲，真摯地點點頭，重新握好錫杖。

「結束了嗎。」

哥布林殺手從船艙冒出來，就是在這個時候。

先前都在搬運糧草與寢具等用品的他，視線往排列在船舷的木盾掃過一圈。

「啊，是。盾牌都載上船，祈禱也做過了，還請森人幫忙加上了風的守護。」

「是嗎。」哥布林殺手低語。「幫大忙了。」

「哪裡！」

哥布林殺手對堅強微笑的女神官點點頭，大剌剌下到棧橋。

粗樹枝承受他加上裝備的分量而微微搖動，讓水面起了漣漪。

「承蒙照顧。」

「沒什麼大不了的。」

戴閃亮頭盔的森人被他叫到，若無其事地這麼回答，卻又支支吾吾地補上一句

「不過」。

「倘若你覺得感謝，我小姨子就拜託你了。」

「好。」

哥布林殺手答得毫不遲疑。

鐵盔所向之處，當事人妖精弓手仍腳步搖晃，像是隨時都會摔倒。

「我答應你。」

礦人道士還說「乾脆踹進河裡」，女神官在一旁安撫。

「是嗎。」

戴閃亮頭盔的森人不禁微笑，明顯到連旁人都看得出來，讓他趕緊繃緊表情。

接著翻找掛在腰間的袋子，拿出裝滿了金色蜜液的小瓶。

「這是賦活劑（Elixir）。」

此種祕藥，和森人的烤餅乾同為不傳之祕。

據說是調合了各式各樣的藥草，各種樹木的樹液、果汁，為精靈獻上儀式製作而成。

瓶身上以王之葉（阿夕拉斯）層層疊合封住，開封就必須一次喝完。

哥布林殺手默默接下，塞進腰間的雜物袋。

「要是我沒回來，她們兩個就拜託你。」

「我答應你。」

「還有，那些哥布林也是。」

「當然。」

戴閃亮頭盔的森人點點頭，思索了一番，慎重地說下去。

「……再怎麼樣，她都是我看著長大的義妹。交給你了。」

「我會盡我所能。」

哥布林殺手的話，似乎對這位活過漫長歲月的森人而言也很意外。

「還是別隨口答應吧」他表情微微一緩，聲音壓低到讓樹木都聽不見。

「那些長老，收到了水之都送來的信。」

「喔？」

「……我身為上森人還不成氣候，看不出長老們走了什麼樣的一步棋。」

森人的思考，甚至遠及遙遠的時光盡頭。

看似無謂的一著，也可能在多年之後體現出意義。

想來這次的行動也是其中之一。戴閃亮頭盔的森人咬緊牙關。

書信的內容，連身為下任族長的他都不知道。

當然了，他並非無從預測，但預測就是預測，不是事實。

既然不知道水面下發生的波紋畫出什麼模樣，他也只能默不作聲。

哥布林殺手朝不說話的森人看了一眼，低聲沉吟。

然後緩緩地、若無其事地開了口：

「還有，要小心河。」

「要小心的是你們。」

這句平淡的話，讓戴閃亮頭盔的森人聽得莞爾，半說笑地回嘴。

「因為今天應該會起霧。」

他搖動竹葉般的長耳朵聽著風聲，看向還布滿清晨薄暮色的天空。

「在這片森林裡，不只小鬼，有時候連大自然都會變成敵人。你們要格外注意。」

畢竟——戴閃亮頭盔的森人和低聲沉吟的哥布林殺手，一起望向叢林深處。

「再過去，就是黑暗的深處。」

「黑暗的深處。」

哥布林殺手靜靜複誦這句話。

通往河流源頭的樹海，化為一片看不穿的黑暗，等著他們。

不冷不熱的風，送來了潮溼的空氣。

簡直和哥布林的巢穴一樣。哥布林殺手這麼想，而這是事實。

既然如此，該怎麼做呢？他思索了一眨眼的時間，整理好策略。

「……還有一項請求。」

「是什麼？」

戴閃亮頭盔的森人歪了歪頭，哥布林殺手對他說：

「希望能再備一艘船。」

「我答應你。」

戴閃亮頭盔的森人點點頭，照森人的禮儀做出宣誓的動作。

哥布林殺手點點頭，「對了」忽然想起一件事。

「我從以前就想知道，森人沒有收拾的概念是真的嗎。」

「有。」

戴閃亮頭盔的森人語氣非常疲憊，但說得斬釘截鐵。

「不過，有些姊妹沒有。」

「……是嗎。」

§

霧簡直是天賜的恩惠。

陽光被遮住，萬物都被抹成白色的黑暗，景物只要離得稍遠，就會模糊不清。

只是哥布林不會認為這是恩惠，反而覺得理所當然。

即使發生對他們有好處的事，他們也從不曾感謝過誰。

而是想著自己平常就受到欺凌，這種事情本來就應該發生。

這個時候也一樣。

這隻小鬼被叫來監看叢林中流過的河，最先發現了跡象。

由於他怠忽職守打著瞌睡，被吵醒時憤慨地鬼叫。

被薄霧遮住的太陽才剛升起的**夜才正要開始**。

一陣咿呀聲，混在潺潺河水聲中接近。

小鬼哨兵睜大了汙穢的眼睛，仔細觀看霧氣另一頭，側耳傾聽。

——好啊。

咿呀聲無疑來自下游，來自森人之村的方向。

那些每次都瞧不起他們的森人，傻傻地沿著河上來了！

「GROORB。」

小鬼隔著霧氣辨識出細長的水手輪廓，輕輕舔了舔嘴脣。

如果是男森人，就活活打死再吃掉。

如果是女森人，就痛揍一頓當孕母。

——不管怎麼說，是自己最先發現的，當然有權享受最多吧？

哥布林一點都不會想到，是有同伴幫忙才能得到這個結果。

「GRORO！GROOBR！」

哥布林啣起手指，吹了聲差勁的口哨。

「GROB!?」

「GOORBGROOR！」

這些睡得正熟卻被叫醒的哥布林，抱怨連連地動了起來。

然而一看到森人的船，他們的睡意立刻煙消雲散。

是森人！是冒險者！是獵物！是食物！是女人！

「ＧＯＲＢＢＲ！」

「ＧＯＢＧＯＲＯＢ！」

他們壓低聲音，交頭接耳紛紛說起自己的欲望，拿起武器跳上心愛的坐騎。

不，想來也說不上是心愛的坐騎，因為他們並未好好愛護這些狼。

「ＧＯＲＯＢ！」

哨兵當自己是隊長，一聲令下，小鬼騎兵隊迅速沿著河邊奔跑。

狼不同於馬，不會發出蹄聲，只要加上銜轡，也不會吼叫。

只要不是大哥布林，哥布林的體格倒也可以騎馬，但狼比馬更有用。

這些哥布林以殘忍的方法弄傷狼的側腹部，讓他們口吐白沫奔跑。

「ＧＲＯＯＲＯＧＧＲ！」

要先殺了船長。殺了划船水手。然後再衝上船，慢慢解決他們。

這些哥布林想像起那些森人慌了手腳的狼狽樣，紛紛賊笑起來。

那些不可一世的森人肚破腸流的死狀，想必十分令人愉悅。

哥布林腦子裡描繪出陰慘的想像，各自握緊手上的武器。

以簡陋的石器製成的槍、弓箭，以及投石。

這些武器可說十分原始，但仍具有足以奪人性命的威力。

「ＧＧＲＯ！ＧＲＲＢ！」

哨兵尖聲嚷嚷，其他哥布林低聲啐了一聲。

得寸進尺的傢伙。總有一天要給他好看。

「GRORB！」

「GGRGROORB！」

哥布林無視哨兵的呼喊，各自將武器舉起、扛起，拉緊弓弦。

哨兵抱怨起來，但在知道誰也不聽他號令後，不高興地舉起了標槍。

這些哥布林驅策狼群奔跑，一起展開攻擊。

一波靠著划水的咿呀聲來瞄準的、缺乏秩序的攻勢。

「GORB！GBRROR！」

灑落的箭雨中，有將近一半只在河面上掀起了水花。

但一部分箭、標槍及石彈，打中了船上的水手。

「！」

幹掉了。在場的這些小鬼每個都這麼認為，甚至還出聲歡呼。

然而。

「——？」

划船水手的動作毫無停滯，持續操槳的聲響也沒有要平息的跡象。

是剛才的攻勢太弱了？還是說，他們幸運地並未受到致命傷？

這些哥布林納悶之餘，為了展開下一波攻擊而拿起武器的下一秒。

「——……！」

一名穿著髒汙皮甲的戰士跳了過來，一刀割開了哨兵的咽喉。

「GBBOOROOB!?」

哥布林殺手踢開發出哀號而軟倒的哨兵，將他踹進河裡。

噗通一聲濺起的水花，就成了信號。

「噗、啊！」

由先行的船**拖引**的另一艘船。

這艘船舷排列著擋箭牌、還得到風精守護的船，並未受到任何箭石攻擊。

蓋在身上偽裝的毛毯掀開，趴在甲板上的妖精弓手站起。

「啊啊真是的，你們這些臭哥布林，竟敢跑到離我家這麼近的地方來！」

她單膝跪地，以優美的姿勢拉緊已經準備好的大弓，射出樹芽箭。

破風而去的箭共有三枝。

「GOOB!?」

「GROBO!?」

小鬼騎兵接連被射穿眼窩或咽喉，溺水似的從狼身上跌落。

妖精弓手熟練的技術，讓她彷彿完全不把船身的搖晃與阻隔視野的霧氣當一回事。

長耳朵頻頻小幅度搖動，毫不遺漏地聽取戰場上的聲音。

「歐爾克博格！從右邊來了！」

回答她的不是喊話，而是「GBOR!?」的小鬼哀號，讓妖精弓手滿意地點頭。

「不過竟然把兩艘船連在一起用划船聲當誘餌，未免太費工夫了……」

「多虧有龍牙水手（Dragon Tooth Sailor）幫忙啊。」

礙於視野不佳，礦人道士抽出手斧隔著擋箭牌往外窺看，舒了一口氣。

先行船的甲板上，有兩隻披著外套的龍牙兵。

他們是忠實的士兵，即使受到攻擊，仍握緊船槳持續向前划。

滿是縫隙的骨骼到處是穿進去的箭與標槍，就這麼卡在身上。

「啊，但要是不放慢速度……」

女神官膽怯地縮在一旁，但仍握緊錫杖，食指按上嘴唇。

「哥布林殺手先生，已經跑到對面去了。」

「唔，那麼貧僧也過去，向他說明清楚。」

蜥蜴僧侶做好戰鬥準備，握緊龍牙刀（Sharp Claw）朝岸邊的小鬼……

「咿咿咿咿呀啊！」

大吼一聲，甩動尾巴撲上岸，將踩扁的小鬼頸骨折斷。

這一跳的衝擊帶得船身大幅搖晃，女神官發出「呀！」一聲尖叫，抓住擋箭牌。

「就不能跳斯文點嗎！妳沒摔下去吧!?」

「我、我沒事！」

為了避免被流箭波及，女神官與礦人道士的職責就是擔任預備隊，因應小鬼攀上船的情況。

「哎，反正我不會讓他們過來，放心……吧！」

妖精弓手不讓射擊姿勢產生絲毫震顫，朝霧中射出三枝箭。

接著就是三聲哀號。森人的射擊，幾乎與魔法無異。

「九……十！」

「GROOBOO!?」

哥布林殺手率先闖入霧中，不抱期望地大肆揮舞左手盾。

圓盾的邊緣磨得鋒利，從哥布林臉上割下一大塊肉。

順著哀號聲跨出一步，挺劍往咽喉一刺。

一邊踢倒胡亂揮手想拔出劍刃的小鬼，一邊從他腰帶上抽走短劍。

聽見狼吼聲逼近，哥布林殺手搶到短劍的同時轉過身去。

期間左手早已伸進雜物袋，抓出一條兩端綁著石頭的皮繩。

「哼。」

順著抽出的力道擲去的皮繩，旋轉著沿地面彈跳，讓霧氣後頭的狼發出哀號。

「GORB!?」

接著便傳來東西滾動的聲響，再來是哥布林的叫聲。

繫有加重物的絆腳索（Bola），絆住了狼的腳。

哥布林殺手立刻撲上去，往摔下狼的小鬼咽喉一刺，了結他的性命。

對他而言，無論是洞窟的陰暗，還是霧氣造成的視野模糊，都沒有多少差別。

「十又一。」

因此一旦衝進了混戰圈，反而是哥布林殺手有利。

畢竟哥布林連眼前是敵是友都搞不清楚。

貿然亂揮武器就會變成自相殘殺，況且不同於洞窟，難以靠數量優勢一擁而上。

哥布林之間並沒有什麼同袍情誼，但他們不喜歡可以保護自己的肉盾變少。

「……大概是哨兵，或偶發性遭遇戰（Random Encounter）之類。」

「GOROOB!?GROBOR!?」

「果然你也這麼想嗎！」

蜥蜴僧侶砍落一隻騎兵，手抓住狼的雙顎，以蠻力撕開。

他的聲調顯得十分愉悅，來自戰鬥帶來的亢奮，但蜥蜴人的頭腦在腥風血雨中才更是犀利。

「以伏擊而言，」

哥布林殺手喃喃說了聲十二，往倒地的小鬼延腦上一刺一剜。悶聲哀號。

「欠缺致勝手段。」

接著一邊起身，一邊將拔出的短劍朝霧中擲去，就傳來嘎的一聲大喊。

「沒有理由放他們活著回去。」

「哈哈哈哈，我等原本就是這麼打算吧。」

蜥蜴僧侶尾巴使勁一甩，將後方的小鬼重重砸在大樹上，脊椎斷成數截。

十三。剩下六、七隻吧。哥布林殺手抓起了腳下的短槍。

「既然如此……」

哥布林殺手舉盾上前，擋開躲在霧中的小鬼刺出的毒短劍，以短槍回敬。

手感不紮實。他立刻硬推掌中的槍柄封住敵人動作，一盾砸向對方臉上。

哥布林殺手任由額頭被擊碎的哥布林倒地，踩爛了他的咽喉。

十四。哥布林殺手從斷氣的哥布林身上拔出短槍。

「……我們要在霧氣散去前結束。」

然後他們實現了這句話。

§

「……是花開了還是怎麼了嗎？」

女神官輕聲道出這句話，是在團隊抵擋住小鬼騎兵隊的襲擊之後。

要說有什麼聲響，就只有水聲、划槳聲，以及五名冒險者細微的呼吸聲。

隨著一行人漸漸來到上游，似乎連棲息在樹海中的生物也一起壓低了聲息。

太陽高高升起，霧氣逐漸淡去，茂密的樹木卻留下了昏暗的影子。

光明始終不回來，醞釀出一種像是踏入洞窟深處似的詭異氣氛。

大概就是因為這樣吧，聞到這股忽然飄來、且愈發濃厚的甜香，女神官才會出聲詢問。

她就像溺水者抓住浮木般握緊錫杖，妖精弓手對她搖頭：

「不知道，可是……我想應該沒有這種氣味的花。」

「他們的地盤近了。」

哥布林殺手淡淡說著，將從那些小鬼手上搶來的武器插進腰帶。

那是一種配合木頭形狀削成的棍棒，上面帶有點點紅褐色痕跡。

既是敲碎人類頭蓋骨的結果，也是敲碎小鬼頭蓋骨的結果。
到頭來，二十幾隻小鬼與狼群的屍體，都被丟進河裡。
倘若曝屍野外，難保不會被其他集團發現，但又沒時間埋葬。
反正既然是往下沖，也不會被上游的那些哥布林發現……
多半會被肉食魚類啃個精光吧。
女神官面有幾分難色，不過蜥蜴僧侶斷言這樣才是憑弔死者。
「霧氣也已散去大半，還是戒備一下比較好。」
蜥蜴僧侶一邊觀察霧氣深處，一邊低聲說道。
他揮揮手，讓帶頭船上的其中一隻龍牙兵划槳手暫時停工。
骷髏水手抽起槳後，抱著槳坐下不動。
「要是又因為划槳聲被發現，可就麻煩至極了吶。」
「啊，要先祈禱沉默（Silent）的神蹟嗎？」
「還不用。」
女神官戰戰兢兢地問起，哥布林殺手搖頭。
「目前用了兩次『龍牙兵』，一次『龍牙刀』。」
看他確認似的將頭盔轉過來，蜥蜴僧侶搖晃大顎重重點頭。
這支團隊擁有的神蹟合計七次，還剩四次。其餘魔法只剩礦人道士所擁有的四次。

他們的確是支法術資源得天獨厚的團隊，但神蹟和法術的次數非常寶貴。

而只靠沉默（Silent），也無法保證就能避免戰鬥發生。

「省下來。」

「我明白了……？」

女神官在先前的戰鬥中也未派上太大用場，點頭的動作有些無力。

隨後她眨眨眼、揉揉眼瞼，從排列在船舷的擋箭牌縫隙間探出頭。

「這樣很危險喔？」

她對抓住腰帶幫忙支撐的礦人道士回了聲「是」，不禁瞪大眼睛。

因為她辨識出了從霧氣中浮現的細長影子是什麼。

那不是樹。若是樹木之類的東西，輪廓未免太過異常。

被高高插在河岸的物體奇形怪狀，舉例來說，就像百舌鳥的早餐——……

「……那是……圖騰……!?」

女神官話說到一半，喉頭深處發出「咿」一聲慘叫。

是人的屍體。

長槍從雙腳之間刺進、嘴巴穿出的某人遺骸。

由於長時間棄置在溫熱的地方，已經腐敗、出汁，只勉強維持住人形。

從生鏽但總算還保留原形的鎧甲推測，十之八九是女性。
這具屍體已經被蟲啃食得慘不忍睹，甚至連本來屬於什麼種族都無法確定。
「嗚噁……！」
妖精弓手不由得作嘔，硬把湧上來的東西吞了回去。
那些哥布林拿這種屍體示眾的理由很明顯。
惡意。
為了高呼這裡是我們的領土，嘲笑來犯者的惡意。
八成只是想看到人們害怕、鬼叫，陷入恐慌狀態，又或者是激憤的模樣吧。
否則……就沒有理由把這種不具防衛意義的戰利品放在門前。
「就不知是活著遭串刺，還是死後才被擺放在這兒……」
蜥蜴僧侶說完，朝附近一帶以奇怪的手勢合掌致意。
「……至少能回歸自然循環，總算是不幸中的大幸了。」
原因很簡單，因為圖騰不只一座。
而是成排林立。
河的兩岸，被串刺的人類屍體就像行道樹般排開。
有只剩骨頭的，也有皮膚尚未腐敗的。
有還留著許多血淋淋傷痕的，也有因氣體膨脹到滑稽地步的。

有狀似商人的屍首，也有狀似冒險者的白骨。
有多少人被殺？
又有多少人淪為哥布林的玩具？
「嗚……」
也怪不得女神官會摀住嘴。
她面無血色地蹲下，錫杖脫手滾落在甲板。
「嗚、嗯嗯嗯嗯……！」
女神官攀在船緣，終於忍不住把胃裡的東西吐了出來。
多半是因為那股甜膩氣味，是由腐敗的屍體散發出來的吧。
即使是一年半來看多了哥布林的殘忍而漸漸麻痺的感性，也承受不了。
她一陣一陣嘔出的東西，漸漸沉進河底。
「來，咬著這個，先喝點水吧。」
「嗚、嗯……不、不好意、思。」
礦人道士幫她搓背，從滾燙的喉嚨發出的回答聲十分沙啞。
女神官雙手接過他遞來的香草與水壺，輕輕將葉子含到嘴裡。
「……我們要是輸了，也會變成這樣？」
相信妖精弓手作嘔的程度不輸女神官。

她原本就白的肌膚失去了血色，語氣刻意凶狠：

「這可不是開玩笑的。」

「當然。」

哥布林殺手淡淡回應。

「不是開玩笑。」

廉價的鐵盔直視正前方。

前方——霧氣瀰漫之中，聳立著山一般的詭異物體。

黑森森的影子從白霧中現出其形。

這時忽然緩緩吹起一陣潮溼的風，捲走了霧氣。

「……原來啊。」

妖精弓手摀住嘴，茫然自語。

「——他們說的斷河之物，原來是這麼回事……」

究竟該如何形容才好？

由白堊石砌成的神殿、寺廟——又或者是堤防。

神代至今的歲月，磨損了上頭壯麗的雕刻，以青苔賦予色彩，讓藤蔓爬滿表面……

是座彷彿要堵塞河川而建、與小鬼一點都不搭調的遺跡。

「妳喔，這不就在妳故鄉隔壁嗎？竟然會不知道？」

「有什麼辦法？這一帶是魔克拉・姆邊貝的地盤啊。」

妖精弓手噘著嘴，搖動長耳朵向礦人道士抗議。

「當然村裡的老爺爺老奶奶大概知道，而且姊姊可能也聽說過啦。」

礦人道士補了句「啊啊，原來是沒人想告訴妳啊」，妖精弓手立刻鬼叫著反駁。

一如往常，吵吵鬧鬧的對話——多半出於刻意所為。

才剛目睹前人悽慘的末路，任誰都想改變這樣的氣氛。

「如今已是小鬼的堡壘。」

哥布林殺手忿忿地丟下這句話，轉動頭盔。

「停船吧。霧要散了。」

「明白，明白。」

蜥蜴僧侶立刻揮手指揮龍牙兵，骷髏士兵收槳撐篙讓船靠岸。

哥布林殺手按住掛在腰間的棍棒，在女神官身旁單膝跪下。

「……怎麼樣。」

「嗚……勉、勉強。」

她以極為蒼白的表情，無力地搖了搖頭。

「……得、得想辦法，才行。」

「對。」

「這種情形，要是……放著、不管……」

「對。」

哥布林殺手低聲回應她細小的嗓音。

「不能放著不管。」

聽哥布林殺手這麼說，女神官點了點頭。

看她將手伸向甲板，哥布林殺手把倒在甲板上的錫杖拉了過來。

女神官以雙手牢牢握緊，收向胸前抱住，搖搖晃晃地起身。

她強行放鬆緊繃的臉頰，悄悄仰望他的鐵盔。

「……畢竟，是哥布林嘛。」

「對。」

哥布林殺手點點頭。

「是哥布林。」

「可是嚙切丸啊。」

森人的船無聲停泊，礦人道士將自己沉重的身體抬上岸，雙腳重重落地。

他以粗短的手指靈巧駕馭繩索，綁在附近一棵樹上，固定船身。

「霧也散了，加上很快會入夜，要接近潛入可就麻煩囉。」
「既然這樣。」
妖精弓手試了兩、三次努力想彈響手指，但只發得出微弱的聲響，不由得咂舌。
「……既然這樣，我有個好主意！」

§

過了一會兒後。
皓皓的兩盞月光照射下，團隊宛如影子般行進。
他們跨過草地，鑽過枝葉，壓低姿勢的步履迅如疾風。
「『慈悲為懷的地母神啊，請賜予靜謐，包容我等萬物』……」
只聽得見女神官的輕聲細語。她的祈禱，她的詠唱，是這群人唯一發出的聲響。
完全的靜謐滿溢在四周，她額頭冒汗，雙手握住錫杖拚命奔跑。
隨著距離拉近，那些小鬼的堤防以城池般的威容，鋪天蓋地似的進逼而來。
堆砌巨石並施加雕刻的，是礦人的工藝。

把樹木直接融入建築當中，則是森人的技法。
因應戰事規劃的結構，則多半是蜥蜴人或凡人的智慧。
儘管牆上到處都有石塊被小鬼拆下、弄得骯髒汙穢。
——這座建築物是為了什麼而蓋的呢？
女神官腦海中忽然閃過這樣的疑問。
神殿、寺廟、堡壘、城堡、堤防、橋……總覺得每個答案都很像，但又都不對。
不管怎麼說，要攻略這小鬼的大本營，只靠慈悲為懷的地母神所賜下的神蹟，勢必不夠。
因此還有另一樣事物保護著這群冒險者。
是一陣不斷自行湧出、籠罩住四周的白煙。
不僅如此——還很熱。
雖說叢林中氣溫難免偏高，但仍悶熱得離譜。
女神官的法衣吸了水變得沉重，冒出的汗讓衣服緊貼著皮膚，很不舒服。
她只好捲起衣襬，但仍不停止祈禱，一路往前進。
說到不停止施法，礦人道士也是一樣。
他以粗獷的雙手包覆般捧著一塊燒得火紅的火石。

熱源，以及煙的來源，就在這裡頭——在裡頭的火蜥蜴身上。

「『跳舞吧跳舞吧，火蜥蜴，把你尾巴的火焰分一點給我』！」

他以「點火」法術使役的火精靈，蒸發大氣精靈中蘊含的水分。

原來如此，這樣一來的確就和以霧氣藏身沒什麼兩樣。

妖精弓手得意地「哼哼」兩聲，礦人道士狐疑地看了她一眼。

——這丫頭也被嚙切丸荼毒得差不多了啊。

再怎麼說，蜥蜴僧侶出身南方，妖精弓手是當地人，礦人道士則是親火的種族。

被熱氣沖個正著的冒險者，動作反而堪稱敏捷。

雖然女神官跑得氣喘吁吁，哥布林殺手的表情則是沒人看得到。

蜥蜴僧侶仰望上方，也就是小鬼堤防要塞上的瞭望塔。

蘊含熱視能力的眼睛，辨識出抱著標槍悠哉打瞌睡的哥布林。

沒有問題。眼看蜥蜴僧侶點頭，哥布林殺手繼續挺進。

城池的門，已經近在眼前。

那是一扇以巍巍老樹所製、森人風格的厚重城門。

儘管完全看不見各種金屬扣具，但不用想也知道會極其堅固。

門本身就像一整塊岩石，但大門的右下角，看得出一處方形區塊。

小門——想必是側門或便門吧。

哥布林殺手打手勢，要同伴們在草叢中等待，從腰間抽出了棍棒。

妖精弓手輕輕搖動長耳朵，爬上樹去，一片樹葉都沒弄掉就在枝上站穩。

她將箭搭上大弓，拉緊弓弦，底下的蜥蜴僧侶重新握好牙刀。

女神官與礦人道士則不間斷地祈禱及詠唱。靜謐繼續維持，霧氣依然籠罩。

「請小心」女神官的嘴脣微微動了。哥布林殺手點頭。

一離開充滿寧靜的空間，叢林中的生命聲浪立刻恢復。

呼嘯而過的風搖動樹葉的聲音。潺潺河水聲。頭盔內迴盪的自己的呼吸聲。

「唔。」

哥布林殺手在門前佇立了一會兒後，粗暴地敲起門來。

然後以敏捷得不像穿著全身鎧的身手，手指嵌進門上木紋，用力往上攀住。

沒過多久，有了反應。

「ＧＲＯＢ！」

側門拉開，一隻狀似哨兵的哥布林探出頭來。

妖精弓手心想來得好，眼看就要放箭，但哥布林殺手不動。

因為接著又有第二隻、第三隻哥布林魚貫從側門走出。

妖精弓手的咂舌被女神官的祈禱阻隔，不會發出聲音。

接著第四隻尾隨現身，又過了五秒，哥布林殺手動了。

「GORAB!?」

他從上方跳下來，如願踩扁了最後一隻哥布林的背。

背上突如其來的衝擊，讓小鬼一口氣喘不過來，無法出聲。

哥布林殺手的棍棒往下一揮。

乾燥物體的碎裂聲響起，小鬼的頭顱輕易歪成不該有的角度與方向。

哥布林殺手從全身抽搐的小鬼腰帶抽出劍，塞進鞘內。

「一。」

「GBBR?」

最前面的小鬼被突如其來的慘叫嚇了一跳，下意識想轉身——

「GORB!?」

破風射出的樹芽箭直線從他右耳鑽進、左耳穿出。前後兩隻小鬼就像斷了線的傀儡無力跪倒，轉眼斃命。

當然了，剩下兩隻哥布林儘管遭到奇襲而慌了手腳，仍立即展開行動。

但冒險者們比他們更快。

其中一隻哥布林正要轉身迎向背後的敵人，棍棒已經砸進他臉上

「二……」

「GRRB……!?」

小鬼按住被擊碎的鼻子向後仰倒，哥布林殺手毫不遲疑撲了上去。

他的右手已經放開棍棒，從鞘中拔出才剛搶來的劍。

左手用力按住小鬼的嘴，右手的劍無情地刺進他的咽喉一剜。

「這樣就是三……」

還剩下另一隻。

這隻小鬼相對聰明些，已經理解到至少已經有兩名同伴被殺的狀況。

因此他張開大嘴吸氣想呼叫支援，但還來不及出聲，嘴就被當場射穿。

箭頭穿出這隻哥布林的後腦，他維持原本的姿勢，往後重重一躺。

「……四。」

哥布林殺手以目視確定所有哥布林都已經斷氣，迅速從側門窺看內部。

雖說是黑夜，但有雙月提供照明。門後是座廣場。

附近看不到哥布林。

但即使他們再怎麼不勤奮，相信對於長時間不見哨兵也會覺得異常。

哥布林殺手在側門底下夾了個門擋固定，然後朝草叢揮揮手。

「……你還好嗎？有沒有受——」

「沒有。」

女神官輕輕呼氣，率先小跑步奔向哥布林殺手。

聽到他的回答，她手按平坦的胸口鬆了口氣。

接著蜥蜴僧侶以爬行般的姿勢跑來，礦人道士踩著笨重的腳步跟在他身後。

最後是妖精弓手輕巧地跳下樹，以連影子都不留的速度奔向側門。

要是在眾人順利跑過這一段前就被哨兵發現，可就連笑都笑不出來了。

「你剛剛那幾下，比起斥候(Scout)更像暗殺者(Assassin)耶。接下來呢？」

「雖然不痛快，我們從正面闖進去。」

哥布林殺手用小鬼的纏腰布擦拭劍刃，收回劍鞘。

接著拿走哥布林手上的柴刀，使勁空揮幾下，別進腰帶。

「抱歉似乎沒空休息。麻煩你當前鋒。」

「明白，明白。一旦開戰，貧僧本來就非得站上前線不可。」

蜥蜴僧侶所保有的奇蹟還剩一次。

既然把龍牙兵留下來護船，他能依靠的就是手中的龍牙刀與自己的身體。

對蜥蜴人而言，只要有這些，也就沒有任何問題。

「我這邊剩下三次吧。」礦人道士捻著鬍鬚說道。

「我，呃——」女神官彎起細嫩的手指數著。「還剩，兩次。」

「知道了。」

合計六次。

換成是尋常冒險者團隊，已經算多。但足以攻略這座城池嗎？

他們原先有十一次，算來已經消耗了二分之一。

「……」

女神官搖搖頭，揮開腦海中閃過的幾種不好的念頭。

無論是第一次冒險時的情形，還是來到這兒的路上看到的百舌鳥存糧，現在都不重要。

「這個，請問燈火怎麼辦……」

「進去前不能點。」

哥布林晚上看得見東西，所以不需要點火移動。

在他們的門庭舉著火把走來走去，等於是請他們發現。

「進到內部後，就和洞窟一樣。」

「那麼，我就先準備火把。」

「交給妳。」

哥布林殺手說著，抽出了自己的短劍。

女神官「啊」地低呼出聲。她表情微微抽動，參雜著死心地嘆了口氣。

「要弄那個是嗎？」

「想也知道。」

哥布林殺手簡短回答，反手握住短劍，走向顏面被擊碎的小鬼屍體。

妖精弓手驚覺不對，趕緊拍拍自己的衣服，檢查裝備。

她臉上的血色當場消退，無力地垂下長耳朵。

「……咦，你認真的？」

「如果妳們沒帶香袋。」

「可、可是，回去的時候，又沒想過要剿滅哥布林……！」

「忍耐吧。」

哥布林殺手駁回她說當初沒預料到的藉口，割開了小鬼的腹部。

他扯出溫熱得幾乎要散發蒸氣的內臟，用面無表情的女神官遞出的擦手巾包住。

妖精弓手喉嚨擠出咿一聲，整個人往後挪，礦人道士迅速抓住她的手。

「要訣在於認命喔。」

「如獲『肝』霖，這麼說沒錯吧。」

蜥蜴僧侶截斷她退路，煞有介事地幫腔，眼珠子轉了一圈。

「咦、等、等等，我不要，至少想點別的什麼辦法——……！」

「別吵。」

妖精弓手能忍住尖叫，想必是拜經驗所賜。

§

冒險者們以妖精弓手為斥候，靜靜攀著牆邊行進。
這座遺跡、又或者是堡壘已經徹底荒廢，草木歌詠生命，因此不缺地方藏身。
——換個角度來說，也有很多地方可以藏東西是吧。
妖精弓手舔了舔嘴脣，小心不搖晃到草叢，仔細摸索腳下地面。
被小鬼哨兵發現當然不用說，要是絆到警鈴，可也一點都不有趣。
「有勞妳了。」
「哎呀？」妖精弓手眨了眨眼。歐爾克博格竟然會道謝。
只靠朦朧的月光和星光，凡人連行進都有問題。
「這種時候，凡人還真不方便呢。」
「對、對不起……」
「沒什麼，別放在心上。」
女神官小聲道歉，妖精弓手在身後對她搖搖手。
「……啊。」

就在這時，她的長耳朵被風輕輕吹動似的搖了搖。

她瞇起的視線所向之處，有隻扛著槍悠哉漫步的哥布林。

有段距離。尚未被發現。但正在朝這邊接近。哨兵。

妖精弓手從箭筒抽出箭，一邊搭上弓，一邊輕聲問著：

「怎麼辦？」

「射。」

她尚未答話，弓弦已經響起。

小鬼咽喉被射穿，一臉莫名其妙地胡亂揮動手臂倒斃。

草被帶得沙沙作響，但也只有這樣。沒有其他哨兵發現異狀的跡象。

妖精弓手鬆了口氣，再度開始移動，哥布林殺手等人跟在後頭。

她走到小鬼身旁，用力拔出了自己的箭。

「嗚噁……！」

哥布林髒兮兮的血令她皺起眉頭，用力甩了甩箭。

「實在不想弄得更髒了說……」

「真的。」

女神官忍不住說得心有戚戚焉，妖精弓手也深深點頭。

明明是兩名青春少女，卻全身都被紅褐色的穢物玷汙得慘不忍睹。

臭味、體液與沾黏的感覺，即使已經習慣也仍令人不舒服。明知有此必要，卻還是難以接受。

「啊啊真是，箭頭都缺角了，受不了……糟透了。」

「別氣、別氣，要說糟，只在邊緣繞一繞的話，照這情形應該不會被發現。」

蜥蜴僧侶有如爬蟲類手腳並用地爬行，昂起了脖子。

「但要進這堡壘，可就有點費事了吶。」

他的目光，看向做為堡壘內門的巨大木門。

肉眼就能看出十分厚重——且不只一扇。

成排的木門圍繞建築物外牆聳立。

「貧僧聽說過，陵墓會設置假的入口。想來應該就是這類情形。」

「那些全都是假的嗎？」

女神官為了不讓哥布林發現，悄悄探出頭，接著瞪大了眼睛。

昏暗的月光下，那些背負沉重歲月、堪稱雄偉莊嚴的門，模樣幾可亂真。

「看起來實在不像……」

「只是雕刻之類的就還好，若是陷阱，後果可不堪設想。」

「……」

有短短幾秒鐘，女神官沉默不語，盯著遺跡的許多門看。

因為感覺有種說不出口的不自然。她想弄清楚到底是哪不對勁……

「不過，看來是不用那麼煩惱了。」

過了一會兒，她微微一笑，又白又細的手指指向其中一扇。

「因為只有那扇門底下的草地被踏得很亂。」

「噢噢，的確……！」

連古代森人或其他人種構思出來的假門，也因歲月與小鬼的愚蠢而徒勞無功了嗎。

由於這些哥布林什麼都沒想就直接從正確入口出入，導致只有那座門前的草地凌亂不堪。

「意思是，剩下的問題……到頭來還是哥布林嗎。」

妖精弓手咒罵一聲。

兩隻表情呆滯的小鬼守門衛兵，正到處閒晃。

「還是殺了衛兵，搶鑰匙開門最快。」

「也要那些哥布林知道鎖門啦。」

礦人道士拍掉卡在鬍子上的樹葉，唔了一聲。

「至少得把左右兩隻同時宰掉，不然就會曝光，事情會鬧大。」

「沒有問題。」

哥布林殺手說了。

「我知道八種不弄出聲響殺死哥布林的方法。」

「真的嗎？」

「開玩笑的。」

女神官眨了眨眼，哥布林殺手朝她緩緩搖了搖鐵盔。

「其實更多。」

妖精弓手主張「箭很寶貴」，於是決定由哥布林殺手與礦人道士主攻。

兩人拿好投石索，悄悄拉近距離，幾乎同時擲出了石塊。

石塊破風而去，分別精準地打在小鬼的咽喉與頭上。

「GRORB!?」

「GBBO!?」

一隻頸子被慘慘地擊碎而軟倒，另一隻則按住額頭，搖搖晃晃地站起。

但這隻哥布林尚未叫嚷，蜥蜴僧侶已經撲了上去。

咽喉被龍牙刀割斷，自然也就不再能夠呼吸或出聲。

守門人一聲不響斷了氣，門庭的靜謐依舊沒有任何改變。

「……明明我也學了投石索，不過實在派不太上用場。」

女神官沮喪地嘟囔完，妖精弓手就輕輕拍了拍她的背。

「沒什麼，各展所長就好囉，各展所長。」

蜥蜴僧侶大動作空揮牙刀，甩去刀刃上的血，拖著兩隻小鬼的屍體點頭。

「做自己做得到的事足矣。」

說完便把哥布林的屍體塞進草叢深處。

妖精弓手忙著藏匿屍體時，礦人道士輕巧地撿起小鬼做為武器的短槍。

把槍尖舉到月光下細看，這鐵製的槍尖足夠銳利，照得閃閃發光，也並未生鏽。

「不過，以那些哥布林來說武器還真好。會是從冒險者手上搶來的嗎？」

「被殺的人當中，也許有武器商人，或在這座遺跡裡撿到……」

哥布林殺手正思索其他的可能，礦人道士就對他搖搖頭。

「還很難說。看構造雖然古老，但在遺跡裡發現的東西能當商品的情形也不少。」

「鍛造的可能性呢。」

「這就不會了。」

礦人道士的回答簡潔有力。

「這地方沒辦法用火。少了那些森人拿手的法術，無法進行鍛冶。」

「……唔。」

哥布林殺手低聲沉吟。

「無論如何，能確定這些哥布林有武裝。鑰匙呢？」

「來，拿去。」

妖精弓手扔過來的，是先前掛在哥布林脖子上的古老鑰匙。

這柄鑰匙以編得粗糙的麻繩穿過，和一塊刻有數字的牌子串在一起。

「好。」

哥布林殺手仔細檢查鑰匙，然後牢牢握住。

「我們進去，一路走到最裡頭。」

「這就是，呃、我們的作戰計畫？」

「對。」

他的態度一如往常，讓女神官表情微微放緩。接著迅速跪地，捧著錫杖：

「慈悲為懷的地母神啊，請以您的御手，引導離開大地之人的靈魂……」

她祈禱來到這裡的路上死去的哥布林，以及被哥布林所殺的人，靈魂能夠安息。

冒險者團隊等她完成鎮魂的祈禱，迅速跑向門邊。

哥布林殺手將鑰匙插進鑰匙孔，轉動。喀嘰一聲響起。

「不是這把啊。」

這就表示，這鑰匙是用來開另一個地方的門？他啐了一聲，拔出鑰匙。

女神官見狀立刻整理包包，空出空間，對他說：

「啊，這個，我幫忙保管。」

「交給妳。」

她接下鑰匙，好好收納後，喘了一口氣。

「那就輪到我出場囉。」妖精弓手意氣風發地走到門鎖前蹲下。

說是學來當戲法的開鎖技術，在這支團隊之中也是重要的技能。

她用探針摸索鑰匙孔，長耳頻頻搖動，留意最細小的聲響。

沒多久，門鎖伴隨喀啦一聲轉動，「好」她得意地挺起平坦的胸部。

「打開了。」

「好啦，那在開門前……」

礦人道士輕巧地蹲下去翻找觸媒袋，抽出一塊布。

女神官覺得不可思議地歪了歪頭，畏首畏尾發問：

「請問你要做什麼呢？」

「得上個油才行。」礦人道士眨了一隻眼。「要是弄得咿咿呀呀，可吃不完兜著走。」

「啊，我來幫忙。」

「那麼，我弄右邊，妳弄左邊。」

女神官把礦人道士扔過來的破布沾上油，開始上工。

大概是在神殿服務時做慣了，她打掃起來有模有樣，毫不滯澀。

很快的，門被仔細抹上一層油，無聲無息開啟，將冒險者們迎入門內。

他們就像影子般從門縫間溜進去，隨手帶上門。

這些哥布林連同伴遭到殺害都未發現。

雖說即使他們發現，應該也不會嘆氣悲傷，只會想將冒險者凌虐一番。

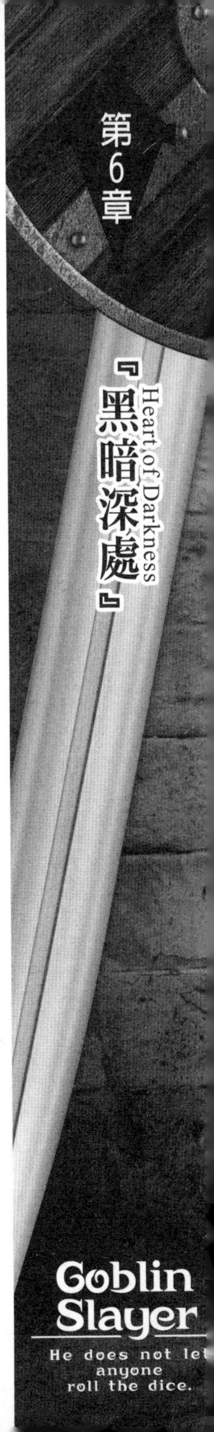
第6章
『黑暗深處』
Heart of Darkness
Goblin Slayer
He does not let anyone roll the dice.

「哇啊……霉味，好重……」

「因、因為建築物很古老了……啊，我馬上點火。」

聞到小鬼巢穴與遺跡氣味參雜而成的腐臭，妖精弓手說得十分厭惡。

「嘿咻」女神官發出可愛的聲音，敲擊打火石，點亮火把。

遺跡被森人施加了防火的祝福，而他們就處在這祝福的正中央。火光細小而微弱。

但已經足以照亮整個團隊。女神官看看眾人的臉，鬆了一口氣。

通過大門之後，是非常狹窄的通道。

不至於要匍匐前進，但實在無法拉開隊伍間距。

雖然對小鬼而言，這寬度也許恰到好處……

「總覺得會被串刺類的陷阱一網打盡，好討厭喔。」

「貧僧反倒擔心能否一路暢通。」

「礦人八成就會卡住。」

礦人道士反駁「妳說啥」，但好歹還知道要壓低音量。

「要前進了。」

哥布林殺手低聲這麼一說，一行人就組成隊形，開始往前走。

先鋒由妖精弓手擔任，接著是哥布林殺手，再加上蜥蜴僧侶組成前排。

後衛是握著錫杖戰戰兢兢的女神官，隊尾則由礦人道士負責。

令人喘不過氣的通道，緩緩往左右彎曲，無窮無盡似的向前延伸。

轟轟迴盪的聲響，多半是被堵住的河水造成的。

——只有一條路，好討厭啊。

她忽然這麼想。要是哥布林從前面來，就逃不掉。從後面來也一樣。

潮溼的空氣。冰涼的感覺。似曾相識的臭氣。

女神官覺得只要稍有鬆懈，就會連自己身在何處都搞不清楚，趕緊搖了搖頭。

「看來是不需要擔心腳步聲呢。」

聽妖精弓手小聲說出的玩笑話，不由自主地鬆了口氣，也是因為這一點。

感覺氣氛變輕鬆了些。

「畢竟看這樣子，也不用擔心他們會破牆從後方偷襲嘛。」

「只要沒有暗門。」

「又或者外頭的屍骨沒被發現，是吧。」

礦人道士用玩笑話應對，哥布林殺手低聲回答，蜥蜴僧侶加上註釋。

「我們小心點，」女神官吞了吞口水，以壓抑住顫抖的嗓音說。「出發吧。」

「嗯……尤其是那個，什麼來著……」

「魔克拉．姆邊貝。」妖精弓手一邊檢查腳下一邊回答。「對吧？」

「對。」哥布林殺手點點頭。「有哪個傢伙在他身上裝了鞍，不能大意。」

蜥蜴僧侶一邊調整龍牙刀的握法，一邊轉動脖子。

「會是小鬼麼？」

「除了哥布林，還有誰會把龍交給哥布林？」

「畢竟要比不識貨，小鬼可是一等一的啊。」

礦人道士輕輕摸著狹窄通道的牆壁，死了心似的搖搖頭。

「你們瞧，這些壁畫上本來應該也有裝飾，但一遇到這些傢伙喔……」

不外乎是記載了這座遺跡的來歷，又或者對入侵者的警告吧。

刻在牆上的一幅幅形形色色的壁畫，在這些小鬼的暴虐之下，被塗毀、擊碎。

最可恨的是，這些哥布林並非刻意要冒瀆古蹟，才做出這樣的舉動。

如果這些小鬼是站在混沌勢力的立場，想貶低秩序，相信會做得更徹底。

這邊砸壞、那邊塗鴉、這邊打破，一部分丟著不管……

「……簡直像小孩玩膩了、似的。」

也難怪女神官會說得內心一涼。

他們顯然就只是好玩，尋開心，而去破壞別人做出來的東西。

當這些念頭指向活物，會有什麼樣的後果，女神官有切身體認。

「……」

她用不知道是因恐懼還是緊張而僵硬發抖的右手，重新握牢錫杖，左手拿穩火把。

口中反覆低吟著對地母神的祈禱。

也許就是因為這樣吧。

對於這個參雜在水聲裡、乘著遺跡深處吹來的風傳來的徵兆，最先注意到的——

「……人聲？」

「怎麼了。」

女神官喃喃說著停下腳步，而哥布林殺手似乎留意到了她的異狀。

只是這麼一件事，就讓女神官莫名放心，鬆了一口氣。

他有在關心我。其他人，也都一樣。

女神官發現自己下意識和**他們**比較，自慚地低下頭。

「沒什麼，那個、好像有人聲……」

「妳聽見了？」

「……我想，大概是從前方傳來。」

「唔。」

女神官說得沒什麼自信，哥布林殺手低聲沉吟。

「怎樣。」

「啊，等一下喔。我剛剛都在注意地板……」

妖精弓手抬起頭，豎直長耳朵，仔細傾聽。

她的長耳朵微微擺動，聽得入神。

「……嗯，聽得見。是人的說話聲。雖然聽不出是男是女。」

「所以還有那些哥布林以外的人活著？」

礦人道士用力皺起了眉頭。

「說可喜是可喜沒錯，但想到救人要費的工夫……」

「還不確定是俘虜吶。」

蜥蜴僧侶眼珠子一轉，用舌頭舔舔鼻尖。

「……可是，既然有人被抓——」

女神官奮力舉起火把，揮開害怕與猶豫：

「就必須、救他們……！」

「嗯。」

哥布林殺手點點頭，沒有一瞬間的遲疑。

他檢查左手盾，右手腕甩了一圈，重新握好劍。

「該做的事沒變。我們上。」

隨後一行人來到的，是從遺跡天花板一路延伸到地下的天井狀螺旋迴廊。

而迴廊上更有無數往外延伸的通道，形成網格般密密麻麻的入口。

迴盪的人聲，似乎就是從遙遠的下方——從深淵的底部傳上來的。

§

「……哥布林巢穴特有的臭味呢。」

團隊決定靠著妖精弓手的聽覺，一路往天井下方探索。

這些螺旋狀的樓梯，圍繞著石造的內牆而建。踏腳處狹小，沒有護欄。

走起來自然會手扶牆壁，一步一步小心翼翼。

「簡直像蟻丘吶。」

「看那樣子，當成堡壘可相當不錯啊。」

望著從內牆通往堡壘深處的幾條側溝，蜥蜴僧侶與礦人道士說出了感想。

與堤防組合而成的河上城塞，自古就是為了因應戰事而建，這點是確定的。

而他們要以僅僅五個人攻陷這座城池，難免覺得壓力沉重。

「呀！」

伽藍中吹過的風，讓女神官不由得閉眼，緊緊貼住牆壁。

風勢本身固然驚人，但風送來的腥臭空氣，更讓人聯想到異樣的光景。

「是、是不是該繫個救命繩……」

「不。」

哥布林殺手低聲駁回女神官的提議。

「只有一條路，不知道哥布林會從前後來。」

「畢竟行動要是再繼續受限，可就危險了。」

走在最後面的蜥蜴僧侶眼珠子一轉，尾巴在地板上一拍。

「別擔心，要是掉下去，貧僧會用尾巴抓住。」

「如果可以，我是不想掉下去啦……嗯，我會努力。」

女神官雙手牢牢握住錫杖與火把，以免失手鬆脫，同時點了點頭。

就在這時，妖精弓手的長耳朵忽然一震。

「哥布林嗎。」

「不會有別的了吧？」

她迅速伸出手掌，所有人聽從指揮停下腳步，各自重新握好自己的武器。

「因為有火光，距離再縮短就要被發現囉。」

「也無法放他們通過吶。」

「哥布林殺手先生，該怎麼辦？」

「不管底下有沒有俘虜，我們都得下去。」

哥布林殺手低聲說完，忿忿地補上一句：

「之後還得回到上面才行。」

「去程好棒棒回程好可怕，探索迷宮基本上都是這樣嘛。」

礦人道士唱著打油詩，蜥蜴僧侶「唔」一聲重重點頭。

「戰鬥無法迴避，而且，要是因開打而被敵人發現……」

——會怎麼樣呢？

女神官感覺到臉頰上血氣消退，腳下變得不穩，踉蹌起來。

被撕裂的衣服。女武鬥家的哀號。叫聲。被俘虜的森人悽慘的模樣。串刺。

腦海中閃現的種種記憶，讓她呼吸急促，牙根發顫。

女神官努力壓抑，拚命調整呼吸，在隨時都會軟倒似的膝蓋上灌注力道。

「……我再祈求一次『沉默』試試看。」

這是寶貴的一次神蹟。

哥布林殺手迅速在腦子裡盤算完。

「只要能順利下去，說不定就有地方休息。」

礦人道士手伸進裝觸媒的袋子，毫不大意地看向樓梯下的深淵。

「這座要塞對那些小鬼來說，一樣很大嘛。」

「從掠奪的規模推估，敵人數量……小鬼殺手兄，你怎麼看？」

「還有狼在。」哥布林殺手回答蜥蜴僧侶。「肯定是大規模。」

「但，也不至於大到能完全維持這座城池。」

「嗯。」

「看來是決定了呢。」

妖精弓手笑咪咪地伸出手，拍了拍女神官的肩膀。

「拜託妳囉。」

「好的！」

女神官咬緊嘴脣，點了點頭。不做會有什麼後果，她想必很清楚。

她拚命搖頭，甩動頭髮揮開不好的想像，深呼吸一口氣。

雙手緊握錫杖，將靈魂與座鎮在天上的地母神相連。

「屍體呢？」

「推下去。」

蜥蜴僧侶提問，哥布林殺手答得毫不躊躇，果決到了殘忍的地步。

「哥布林從這裡摔下去，是**很自然的**。」

「我要祈禱了！」

女神官憑藉錫杖與火把——憑藉火把的光，扯開嗓子詠唱。

「『慈悲為懷的地母神啊，請賜予靜謐，包容我等萬物』。」

聲音就此中斷。

看到只帶著火把現身的團隊，從側溝走出來的哥布林瞪大眼睛。

但這些小鬼對同伴的呼喚與慘叫都無法成聲，就被妖精弓手的箭射穿。

小鬼在空中游泳似的胡亂揮動手臂，哥布林殺手一腳將他踹了下去。

哥布林摔往深不見底的黑暗深淵，隨即消失。

妖精弓手順著樓梯跑下去，長耳朵震了震。此刻不能依靠聽覺。

她凝神而視，想看清楚從遠方逼近的小鬼。

——有了。接著迅速豎起三根手指，從箭筒抽出箭，拉弓，放開。

無聲飛出的箭矢，從拿著短槍的哨兵眼睛穿入，插在頭盔上。

哥布林嘲笑姿勢一歪摔向底部的同伴，卻笑不出聲，歪了歪頭。

妖精弓手從他身旁跑過，接著哥布林殺手劈柴似的以柴刀砸在他腦門上。

頭蓋骨碎裂，腦漿四溢。哥布林殺手把第二隻小鬼踢下深淵，繼續往前。

第三隻被突如其來的事態嚇得瞪大眼睛，不過仍握緊了手上的短槍。

礦人與凡人女子。他轉眼就從這兩人之中挑上了女子做為目標，但攻擊被礦人的手掌所阻。

這隻手握住的沙灑進眼睛，痛得小鬼往後仰，腳隨即被蜥蜴僧侶的尾巴一掃——

之後也只能就這麼摔下去。

螺旋迴廊繼續延伸。長得令人光想就發昏。

聲響消失，眼中看得見的就只有手上的火光。翻騰的水流與自己的汗味。

女神官困在一股頭昏眼花似的感覺裡，身體瞬間往旁一斜。

才剛察覺不對，眼看整個人就要騰空。這時蜥蜴僧侶的尾巴捲住了她，將她拉了上來。

趕緊回頭往後一看，蜥蜴人轉了轉眼珠子，用舌頭舔舔鼻尖。

——這意思是不是要我別放在心上呢？

女神官搖搖頭，拿穩錫杖與火把重新面向前方，拚命跟上前人的背影。

礦人道士放慢腳步等她。哥布林殺手與妖精弓手並未放鬆戒備。

——得繼續，祈禱才行……！

女神官揮開雜念，儘管走得氣喘吁吁，仍持續對地母神祈禱。
她產生了光是在同伴身後祈禱，是否派得上用場的迷惘。
而迷惘有時就會像這樣通往死亡。
如此便更加無法讓祈禱上達天聽。
——有大家在，而大家之中有我在，所以要守護，也能守護。
她再一次深呼吸。
即使在這黑暗的地底，身旁仍有戰友陪伴，靈魂和座鎮在天上的地母神相連。
理應沒有什麼好害怕。

§

五、六具哥布林的屍體浮在水面上。
深淵的底層是水路。
這些小鬼摔下時並未傳來水聲，就不知道是拜「沉默」所賜，還是因為距離太遠。
河水被堵住、蓄積，剩餘的水繼續流往下游。
「那些小鬼沒想到放毒嗎。」

蜥蜴僧侶在恢復了聲響的世界裡低語道。

既然掌握了河川上游，必然會考慮這一招才對。

何況過去就是森人之村，再下去還有水之都。

「也許不是那群哥布林，而是他們的頭子在打什麼主意啊。」

「成天想著哥布林在想什麼，也不是辦法吧。」

妖精弓手對這些繁瑣細節皺起眉頭，敲了敲哥布林殺手的鐵盔。

「小心會變成這樣喔。」

「我倒覺得妳應該多用點腦比較好。」

這不是妳故鄉的事嗎，礦人道士酸道，妖精弓手「你說什麼！」地回嗆。

從蜥蜴僧侶並未勸阻這點來看，他們兩個想必都有在注意音量。

哥布林殺手顯得毫不在意，從腰間雜物袋裡拿出水袋，拔開塞子。

他從頭盔縫隙間喝了口水，然後扔向蹲下來的女神官。

她臉色蒼白，拚命想調勻呼吸，茫然接下了水袋。

「喝吧。」

「啊，不、不好意思。」

「不會。」哥布林殺手搖搖頭。「多虧妳了。」

女神官雙手拿著水袋，在些許的難為情中就口喝了起來。

她輕笑一聲，臉頰微微放鬆。緊張感稍微平緩了，但這不是壞事。

他們度過了一道難關。先來到一個段落。

喉頭咕嘟作響地喝了第二口、第三口，呼出一口氣，栓好水袋。

「謝謝你。」她道謝奉還，他便默默接過，塞進雜物袋裡。

哥布林殺手就近挑了隻漂浮的哥布林屍體，用柴刀勾過來，從它的腰帶搶走劍。

收進劍鞘後，再將柴刀插回哥布林的腰帶，一腳踢開。

「人聲停了啊。」

聽到他低聲說出的這句話，妖精弓手猛一抬頭，「對呀」地點頭回應。

「下樓途中聽不出來，但現在感覺沒聲音了。」

「遲了吧。」

妖精弓手聽懂了哥布林殺手這句低語的含意，不禁蹙眉。

她迅速檢查弓弦狀況，重新拉緊，再察看箭筒裡的箭，站了起來。

「……這不代表我們不用趕路吧？」

「然也，然也。」

蜥蜴僧侶點頭稱是，用力揮動牙刀，打起精神。

「貧僧等人已經備戰，對方卻處於鬆懈狀態。沒理由不抓住這個機會。」

說完，蜥蜴僧侶將長著鱗片的粗獷手掌伸向女神官。
「沒關係」女神官堅強地微笑，慢慢拄著錫杖起身。
「啊，火把……」
「……唔。」
哥布林殺手低聲沉吟，隨後緩緩搖動鐵盔：
「交給妳。」
他一如往常踩著大剌剌的腳步身先士卒的模樣，讓女神官暗自嘆了口氣。
但隨即想到，這也代表他把責任交到自己身上，於是嗯一聲強而有力地點頭。
女神官說著「麻煩幫我拿一下」，將火把暫時交給礦人道士。
然後從自己的行李中取出油燈，就著火把點燃。
「呵，妳準備得真周到。」
「畢竟號稱『冒險時別忘了帶上』嘛。」
女神官挺起平坦的胸部，說得稍稍有些自豪。
冒險者套組──看起來很實用，雖然也有些時候意外地派不上用場，但這次另當別論。
女神官關上油燈的小窗，「嘿」一聲將火把泡到水裡。
滋滋聲中一陣白煙冒起，這樣就結束了。

「……那，我們走吧。」

團隊相視點頭，小心不發出腳步聲，跟上哥布林殺手。

所幸水道中流動的水聲，應該多少能夠掩蓋他們的聲息。

昏暗的光線下，哥布林殺手靜靜對妖精弓手開口：

「前方，怎麼樣。」

「有喔。」

妖精弓手像隻野兔似的放低姿勢，靜悄悄卻又迅速地前進。

「有個像是大石臼？的玩意，旁邊有五、六隻……似乎正在找樂子。」

「別用法術。」

哥布林殺手重新握好右手的劍。

「收拾掉他們。」

「不過……」蜥蜴僧侶舔了舔鼻尖。「這該如何進攻？」

「要像剛才那樣，再用一次『沉默』嗎？」

妖精弓手回說「我是無所謂」，從箭筒抽出箭；哥布林殺手朝面無血色的女神官瞥了一眼，搖搖頭：

「換別招。」

「如、如果是擔心我……」

「我不想連用同一招。」

女神官表示自己不要緊，但哥布林殺手一句話駁回，翻找起雜物袋。

「有**明膠**嗎？」

「當然。這種東西要多少都有。」

礦人道士說聲「等我一下」，開始在自己那裝滿了觸媒的袋子裡翻找。

找了一會兒，他唔一聲點頭，拿出幾只封好的小瓶子。

「好。」

哥布林殺手毫不遲疑地說了。

「所有人，交出襪子。」

女神官紅著臉，猛然按住大腿，妖精弓手一臉不可思議地歪了歪頭：

「那種東西，你打算拿來幹麼啊？」

「用。」

蜥蜴僧侶以沉重的動作點點頭。

「貧僧的也要嗎？」

「你有的話。」

§

這隻小鬼剛忙完，以哥布林而言，心情變得非常好。

他幾乎不曾酒醉過，但感覺就像喝得醉醺醺的。

搶來的酒，實在很難一路帶到這麼深的地底，而不在路上就先喝光。

說不定堡壘上頭的人會確實分配，但他們可是哥布林。

他們不會為晚來的同伴著想，總是喝超過自己的份，轉眼間就喝完了。

然而，待在這地下的哥布林，卻寬宏大量地打算原諒這種行為。

自己要是待在其他樓層，也會做出一樣的事——理由當然不是如此。

他不去想自己也會做出同樣損人不利己的事，生氣地認為其他傢伙太過分了。

但他仍願意原諒這些同伴，是因為最底下一樓的工作，有這裡才嘗得到的甜頭。

他以誇張的動作，調整了用鍊子掛在脖子上的飾品方向。

然後在同伴們圍坐的圈子裡重重坐下，朝中央的餐點伸手。

他從快要腐敗的手臂扯下手指，丟進嘴裡，嚼碎後吐了口氣。

「在這麼深的地底工作有夠累」，極盡裝模作樣之能事地發著牢騷。

話一出口，同伴們立刻「沒錯」「沒錯」大聲附和，從餐點上硬拔下一條腿。

其中一隻看不下去，抱怨著爭搶起來，撕下一塊膝蓋保住了自己那份。

這群小鬼一邊「那些高高在上的傢伙就是不懂」地鬧脾氣，一邊啃著肉。

又有一隻從餐點中挖出漂亮的金色眼球，說聲「就是啊」一口吞下。

哥布林這種生物，就是會認定「其他傢伙比我們混」。

過了一會兒，這些哥布林懶洋洋地用完餐，悠悠哉哉起身。

真要說起來圃人(Rare)果然不如森人、森人又不如凡人吃得過癮。

肚子也填飽了，在下一份工作上門前，就稍微小睡一下吧。

哥布林這麼打算，打了個大大的呵欠，這時——……

「————？」

奇怪了。

他的腳下怎麼會滾來一根已經熄滅的火把？

哥布林心想這是什麼玩意，睜大眼睛，露出傻里傻氣的表情。

「!?」

下個瞬間，有樣又溼又沉的東西砸到他的臉上貼住。

他忍不住想叫，接著又有另一塊飛進嘴裡。

伸手想剝掉，手卻反而被黏住，拿不下來。

「GROBB！」

「GRB！GBBOROB！」

他不由得失去平衡倒地，其他哥布林指著他放聲大笑。

今天從上頭摔下來的同胞特別多，他們也照樣嘲笑，說這些傢伙真笨。

「GBOROB!?」

接著換成這隻哥布林的笑臉，被某樣物體狠狠砸到、貼住。

急忙伸手抓臉，因痛楚及難受無法動彈的哥布林又多了兩隻。合計三隻。

剩下兩隻總算察覺現在不是嘲笑同伴的時候，伸手拔出搶來的劍。

接著其中一隻把一樣哨子狀的物體舉向嘴邊……

「—。」

——才舉到一半，從黑暗深處飛來的短劍就刺穿了他的咽喉，讓他往後仰倒。

噴出的血發出哨子般的咻咻聲，乘風傳來。

「GOBBRB!?」

一名穿著髒汙皮甲的冒險者撕開這陣聲響，從水路遠方狂奔逼近。

右手上有劍，左手上有盾。哥布林瞪大了眼睛。冒險者！仇敵！就是這傢伙！

「GBRO！GGBORROB！」

呼叫同伴與救助同伴的念頭都從腦海中脫落，哥布林撲了上去。

他的劍才剛從冒險者手上搶來，是非常鋒利的好貨，並非生鏽的短劍所能相比。

「哼。」

但哥布林殺手隨手用盾牌擋住，不，是擊落了這一劍。

他讓劍尖咬進盾牌，同時往後一卸，撥開了這一劍的衝擊。

「GOBBR!?」

哥布林無法調整姿勢，重摔在地上，狼狽地慢慢爬起。

一聲悶響緊接而來。哥布林不明所以地斷了氣。

相信他壓根沒想到自己的後腦勺會插上一枝樹芽箭。

哥布林趴倒斃命，即使瞳孔映著同伴們的慘狀，也不再有任何動作。

「GOBB……GRB!?」

「GROBBR!?」

這些小鬼慢慢取下貼住臉和口鼻的黏膩塊狀物後，多半連聲音也發不出來。

下一秒，胸腹就被蜥蜴僧侶的牙刀一刀兩斷，喉嚨被哥布林殺手刺穿。

解決五隻哥布林，只花了幾十秒。手法可謂俐落。

「三……四、五嗎。」

哥布林殺手清點哥布林的屍體，回頭看向暗處。

「不過，妳丟得很準啊。」

「因為我……有在練習。」

女神官拿著錫杖，從黑暗深處現身。

聽哥布林殺手淡淡提起，她露出緬靦的表情。

雖然用熄滅的火把引開了注意力，能擲中無非是自身練習的成果。

被他誇獎，並非那麼常有的事——話雖如此。

「……這個，不能再穿了吧……」

她以厭惡的表情，撿起哥布林扯下來之後扔掉的換洗襪子。

上頭沾到明膠、血、口水、鼻涕。坦白說，就算洗過也實在不會想再穿。

「在襪子裡塞石頭，抹上明膠再砸到對方臉上？」

妖精弓手同樣提供了自己換洗用的襪子，一邊從小鬼的屍骨上拔出箭，一邊擺動長耳朵。

「構想和惡作劇的小孩差不多嘛。」

「但很有效。」

哥布林殺手簡短答完，看向被啃食得殘破不堪的屍體。

他從一灘連男女都分不出來的血糊中，撿起藍色的識別牌。是男性。

「不曉得他有沒有家人？」

礦人道士從旁探頭過來，拎起了這塊沾滿紅褐色汙垢的藍寶石牌。

「又或者是團隊一員……應該不至於獨行（solo）就是了。」

「大概吧。」

他轉動鐵盔，轉頭看向這些哥布林的**工作用具**。

妖精弓手一邊問這什麼玩意伸手去戳，隨即發現這樣工具的用途，嚇得往後跳開。

「……咿!?」

這是石臼——不，是種該叫做榨汁機的設備。

只要推動車輪狀的把手來轉動機關，就能慢慢磨碎被裝置夾在內部的東西，榨出汁來。

從阿列布（橄欖）榨出油，從葡萄榨出果汁。

那麼，這些哥布林先前打算榨什麼東西呢？

答案一目了然。

「嗚、啊……！」

女神官喉頭忍不住發出僵硬的呼聲。錫杖本來差點脫手，這才勉強重新握住。

從裝置的縫隙間，露出了還剩下一點生命殘渣而不斷顫動的細瘦手腳。

接著更有顆以玻璃珠似的眼睛看向虛空，舌頭軟軟垂下的女子——少女的頭。

這些哥布林先前在壓榨什麼，已不必多言。
要說是拷問，未免太簡陋；要說是處決，又未免太講究。
——不對。
女神官立刻猜出這意味著什麼。
堆在角落、被撕裂得慘不忍睹的女用皮甲。
哥布林殺手從哥布林手中搶走的，研磨得極為鋒利的小型劍。
斃命的小鬼掛在脖子上的綠寶石識別牌。
飽經鍛鍊，卻失去力量而垂下的手臂。
她無疑是位冒險者。
由這些線索導出的答案——**就只是娛樂**。
「……」
眼前的光景令人想吐，但女神官儘管臉色蒼白，仍將苦水吞回腹中。
究竟是習慣了，不得已而習慣，還是非習慣不可？她不明白。
她對地母神獻上祈禱，腳下飛濺的黏液，弄髒了她的白色長靴。
用裝置榨出的紅褐色汁液黏稠地滴落到地上的溝槽裡，往水道流去。
「唔。」蜥蜴僧侶轉了轉眼珠子。「既然排放到河裡，會不會是毒物呢？」
「要說是毒，應該算吧。」

哥布林殺手蹲下來，用指尖挖起水道中流動的黏液，往地上一抹。

相較於一條大河實在太過微量，但對單一個體而言卻是足以致命的毒。

「他們的想法是，你們就喝摻有同伴糞尿血液的水，用來洗身體、過生活吧。」

「嗚、嗯……」

妖精弓手不由得作嘔。

女神官趕忙遞出水袋，她說了聲「不用」，穩住腳步。

「這麼說來，也許該看成一種詛咒吶。」

「果然沒錯。」哥布林殺手沉吟著。「之前那個……」

「魔克拉．姆邊貝是嗎？」

「對。」哥布林殺手點點頭。「捉住他的，應該是施法者那一類。」

「哥布林……」

女神官聲帶顫抖。

昏暗的洞窟。趴倒在地的幾名女子。在王座上嚷嚷的哥布林薩滿。

烙印在腦海中的種種記憶湧現。她用力握緊了錫杖。

「……薩滿？」

「不管怎麼說，對方相當有一手。」

看到他們兩人的情形，礦人道士咕噥著：

「真虧你們能不當回事啊……」
「縱使令俘虜苟活並凌虐不符合我等作風，殺戮無非也是我等的事業。」
蜥蜴僧侶應該也以他的方式皺起了眉吧。只見他露出苦澀表情，搖了搖頭：
「扒開優秀戰士的肺腑吃掉對方的心臟，乃是一種禮儀。」
「我今明兩天可都不想吃肉了。」
妖精弓手堅強地笑著說：「所以才受不了礦人。」
哥布林殺手看向礦人道士，點了點頭。
然後以一如往常的大剌剌腳步走向女神官，低頭看著她的臉。
「哥布林殺手先生，那個……」
「我們在這休息。」
哥布林殺手一字一句說著。
「弔唁完，就休息一下。」

§

被磨爛榨乾的冒險者遺骸，最終還是以水葬處理。
他們捲上一層布，遮住悽慘的死狀，然後放流到通往河川的水道上。

「慈悲為懷的地母神啊，請以您的御手，引導離開大地之人的靈魂……」

相信女神官的祈禱會讓靈魂回歸天上，蜥蜴僧侶的祈禱則會令其在天地間流轉。

相信也不會有小鬼一路巡邏到這整座城池的最底層——小鬼本來就不勤勞。

一行人找到多少乾淨些的地點後，各自裹起毯子，進入夢鄉。

休息……假設真能休息到，也不過是短短幾小時。能夠恢復多少體力呢？

然而不管怎麼說，恢復幾位施法者消耗的精神力始終是當務之急。

「……」

哥布林殺手靠在刑房牆上，抱著回收起來的劍而坐。

森人結界固然會造成衰減，但考慮到冒出的煙，也就不能生火。

眾人圍繞關上燈罩而縮減亮度的油燈，各自休息。

蜥蜴僧侶以打座姿勢結好法印，閉上眼睛，像是在冥想。

礦人道士灌了幾口酒，隨興地躺下來，用手臂當枕頭呼呼大睡。

女神官則在角落裹起毯子，把本來就嬌小的身軀縮得更小。

隔老遠也看得出她血氣盡失，臉色蒼白。

「……你怎麼不睡？」

「我有在休息。」

忽然聽見有人向自己搭話，哥布林殺手淡淡回應。

妖精弓手負責前半的守夜工作，不高興地站在他面前。

哥布林殺手慢慢抬起鐵盔，仰望著她。

「我有閉上一隻眼。」

「你穿這樣哪看得出來？」

妖精弓手表現得十分無奈。

只見她手扠著腰，擺動長耳朵哼了一聲，輕輕在他身旁坐下。

完全沒有要徵求哥布林殺手同意，模樣顯得理所當然。

「那孩子受到很大的打擊喔。」

「這也是，當然的。」

妖精弓手在一旁解開弓弦重新絞緊，他側眼瞧著，點了點頭。

「畢竟只看行動，我們和那些哥布林沒什麼差別。」

前提是，單論把同胞屍體放進河裡這個舉動。

不管怎麼說，他們就是晚了那麼幾分鐘、幾小時或幾天。

若非如此，這些被俘虜的冒險者之中，肯定至少還有一兩個人尚未斷氣。

不可能每一次，每分每秒，都像那座神殿和那些女修道士一樣幸運。

「喪命後丟進河裡。都一樣。」

哥布林殺手簡潔地做出這樣的結論。

妖精弓手略一沉默，咬緊嘴脣，覺得他沒救似的搖了搖頭。

「……才不是呢。」

唔。哥布林殺手咕噥一聲。

「我們和哥布林才不一樣。你要是再說這種話，我可要生氣囉？」

妖精弓手半翻白眼，瞪著哥布林殺手。

不對，是要踹你囉——她的這句低吼，聽聲調是認真的。

哥布林殺手記得先前在某個遺跡，就被她猛力踹過一腳。

大約是在一年前。甚至有點懷念。

但對森人而言，這樣的時間是長是短呢？

「是嗎。」

哥布林殺手點頭。

點頭，並深深吐氣。

「……也對。」

「當然對囉。」

兩人只說到這，同時閉上嘴。

潺潺的水流聲響，聽起來清爽到了突兀的地步。

然而不時從遙遠上方傳來小鬼的鬨笑，不讓他們忘記現實。
妖精弓手的長耳朵忽然頻頻顫動。
哥布林殺手瞥了一眼，她便搖頭表示沒事。
「是嗎。」哥布林殺手呼出一口氣，欲言又止地暫時闔嘴。
「嗯？」妖精弓手歪了歪頭，他微微轉動頭盔，開口：
「抱歉。」
說出來的是這麼一句話。
妖精弓手連連眨眼。
——歐爾克博格竟然會道歉。
這並非那麼容易遇到的事。
她為了掩飾微微笑開的臉頰，刻意蹙起眉頭，粗魯地問：
「……你是指什麼？」
「……到頭來，還是哥布林。」
真傻耶。
妖精弓手嘻嘻一笑，就和水流一樣，清爽到了突兀的地步。
「怎麼？原來你在糾結這種事？」
沒有回答。

他們認識一年有餘，但要看清楚一個人的為人，已經很足夠。

——說中了吧。

妖精弓手把鈴鐺滾動般的笑聲含在喉頭，將大弓輕輕放在身旁地上。

接著抱住自己的膝蓋，把頭靠上哥布林殺手的肩。

「當然囉……我是討厭打哥布林啦。」

這還用說。

認識歐爾克博格以前，在還是白瓷等級的時候，她也曾剿過哥布林。

然而自從和他一起行動，次數就以加速度成長。

探索洞窟倒無所謂。

和怪物戰鬥也不錯。

去救被擄走的人也不壞。

——但，還是不同。

和歐爾克博格進行的剿滅哥布林行動，和其他冒險就是不一樣。

完全沒有成就感。在妖精弓手看來，那實在無法稱之為冒險。

可是。

「畢竟是故鄉嘛。」

妖精弓手的意思是，這種理所當然的事有什麼好提的。

她用頭髮感覺到哥布林殺手的鐵盔微微一動。

妖精弓手一瞬間閉上眼睛。聞得到油與血的臭味。真的很臭。

「姊姊都要結婚了，要是附近有小鬼在多傷腦筋。」

「……是嗎。」

「反而是平常我抱怨東抱怨西——……啊啊，沒啦，雖然我也不覺得自己有錯。」

「不。」

哥布林殺手搖搖頭。

「我沒放在心上。」

「是嗎？」

妖精弓手顯得意外而歪了歪頭，長耳朵一晃。

「對。」哥布林殺手簡短答道。「因為我不知道怎麼冒險。」

這樣啊。妖精弓手喃喃自語，哥布林殺手低聲回答應該沒錯。

「那這樣吧。」

妖精弓手忽然唱歌般開口，豎起食指轉了轉。

「當作我們扯平了，如何？」

「我——」

哥布林殺手似乎仍有話要說，語氣一頓。

但到頭來，他終究還是找不到合適詞句的樣子。

於是他一如往常，淡淡地說了：

「無所謂。」

「好！」

聽到他這句話，妖精弓手整個人彈了起來。

她發出貓一般的呻吟，伸了個大大的懶腰，舒展修長健美的身體。

「那，接下來要怎麼做？」

她吐了口氣後丟出這疑問，哥布林殺手立刻回答：

「安排好機關，然後往上。」

「機關？」

妖精弓手眼神發亮，耳朵搖動。

「妳很快就會知道。」

哥布林殺手感到麻煩至極似的說了。妖精弓手哼了一聲。也罷。

「可是……這次換成上去喔？」

「占據這種建築物的哥布林在想什麼，大致都猜得到。」

「——？」

「地位最高的傢伙，不是在最上面，就是在最下面。」

「啊啊。」

妖精弓手想通了，笑咪咪地點頭。愈是壞傢伙就愈喜歡高處。

「問題在於那個……」

「魔克拉・姆邊貝。」妖精弓手嘆了口氣。「你也差不多該記住了。」

「……控制他的傢伙，多半是施法者。」

「施法者啊……哼嗯～」

妖精弓手以煞有其事的表情抱胸沉吟，然後立刻放棄思考。

畢竟又不是說現在拚命想，就能想出答案。

反正都要對決，時候到了再想就好。

──況且即使是哥布林薩滿或什麼的，弓箭也沒理由射不死。

「我看還是遇到再說吧？」

「不行。」

哥布林殺手斬釘截鐵地搖頭，妖精弓手也一副拿他沒轍的模樣搖頭。

「當然行。歐爾克博格眼前最該優先做的事情是睡覺。因為你是我們唯一的專職前鋒。」

「……嗯。」

「兩隻眼睛都要閉上。」

「……我會努力。」

「等過一陣子，我會叫醒你。」

「不好意思。」

「不然我就沒得睡啊。」

「交給妳了。」

妖精弓手揮揮手表示別在意，用腳尖挑起大弓，拿在手上。

然後以輕快的腳步走過眾人身旁，來到房間角落，選定自己的位置坐下。

她輕輕拍了拍裹著毛毯睡在一旁的女神官。

微微顫動的毯子忽然一抖，很快就變得安穩下來。

在森人的耳朵前，無論怎麼用毯子遮，都遮不住情緒的波動。

§

「為什麼這些古代人就不會做個升降梯……！」

幾小時後，一行人動了幾樣**手腳**，接著就得沒完沒了地爬著樓梯上去。

也難怪妖精弓手會發牢騷。昨天才剛下來，今天又要辛辛苦苦爬上去。

雖然路途略有不同，但這點完全無法聊以慰藉。

「要、要是太大聲說話……」

會被聽見的。女神官的擔心也是理所當然，一旦小鬼跑出來，他們就無路可逃，只能迎擊。

雖說團隊的隊形和休息前——是昨天嗎？時間感覺變得很模糊——沒有分別……

「哎，這城池這麼大，如果仔細去找說不定會有……」

礦人道士氣喘吁吁地說了。五短身材的他，似乎在移動上最是吃力。

他從腰間拉出酒瓶，拔開瓶塞喝了一口，用手臂擦去鬍子上沾到的酒液。

「但我可不想幹完活後，還得東奔西跑找個不停啊。」

「況且說不定還得有鑰匙才能運作。例如綁著青色飾帶之類的。」

「啊啊，真是……！」

包括蜥蜴僧侶冷靜的回答在內，一共遭到三個人反對，讓妖精弓手忿忿地搖了搖耳朵。

「歐爾克博格，你說話啊！」

「有就搭但要找太浪費時間。」

毫無商量餘地。

被他這麼乾脆地駁回，妖精弓手「哼」了一聲，繼續爬樓梯。

沒有一個人怠忽警戒。

連女神官都戰戰兢兢，雙手握緊錫杖，窺看周遭的情形。

她之所以頻頻察看後方，無非是想起從前不好的記憶吧。

也許會從後面來。

因為這些哥布林會趁冒險者不注意打破牆壁，一擁而上。

有沒有暗門？是不是漏看了？會不會只是大家沒發現，其實——……

「……哎呀。」

這時妖精弓手忽然出聲。女神官全身一震。

「怎、怎麼了？」

「樓梯斷了。」

「啊……」

聽她這麼一說而看過去，發現果然沒錯。

沿著內牆呈螺旋狀往上繞的階梯，缺了眼前不遠處的一小段。

並非跳不過去，但想到一旦失足會怎樣，就覺得不寒而慄。

水聲從遙遠的下方，一重又一重地迴盪上來。

如果能抓住只差一層樓的樓梯又還好，不然想必無法從摔下去所受的傷害中撿回性命。

運氣好也是當場斷氣，運氣不好的話會摔殘脊椎，活活餓死。不管是哪一種，冒險都將在這裡結束。

不知道那些小鬼走到這，是會繞道，還是會一直進行有勇無謀的嘗試。

「……沒看到哨兵啊。」

哥布林殺手說完，低喃道：

「如果現在是白天還說得通，但不痛快。」

「眼前重要的應該是怎麼通過這裡吧？」

妖精弓手皺著眉，伸直手臂豎起大拇指，以目測方式估算與對面的距離。

「我是一跳就跳得過去，但有人可能不行。像是礦人礦人還有礦人。」

「喂妳這臭丫頭。」

妖精弓手不把礦人道士的抗議放在心上，雙手抱胸沉吟起來。

「拉繩子好了。要繞道也行，但我們沒時間吧？」

「說得也是。我馬上準備！」

女神官連連點頭，迅速從行李中拿出鉤繩。

冒險者套組。這些當初只是先買再說的裝備能派上用場，讓她十分高興。

再加上自己幫上了大家的忙，也讓女神官欣慰。

「這樣，夠長嗎？」

「妳試試。」

妖精弓手對哥布林殺手點頭，抓住鉤繩，輕巧地跳了過去。

要比身手矯捷，除了部分獸人(Padfoot)以及闇人之外，沒有人比得上森人。

妖精弓手以母鹿般的動作落在對面，「喔喔」一聲低呼，但仍維持住平衡。

「這個，只要掛住就可以吧？」

「對。」

哥布林殺手點點頭，拿住自己這一邊的繩索末端。

「穿過腰帶綁起來，然後跳過去是吧。」

「我要是掉下去，就非得用法術不可啦。」

礦人道士看向底下的深淵，面露難色。

「坦白說，考慮到計畫，實在不想動用……長鱗片的，你要怎麼辦？」

「小事一樁。只要牆上有些地方可以落手落腳，貧僧總會有辦法。」

蜥蜴僧侶亮出雙手雙腳的利爪，手指抓握了幾下給眾人看。

「反倒是讓術師兄還有神官小姐跳，就有點危險。還是由貧僧帶過去比較好。」

「那，一個一個來。」哥布林殺手說了。「行嗎？」

「啊，可以的！」

他遞出繩索，第一個握住的是女神官。

她「嘿咻」一聲，小心又細心地，將繩索繞過自己苗條的腰，牢牢打了個結。

還把錫杖夾在法衣與繩索之間，以免掉落。

「那、那麼，拜託你了……！」

「唔。很輕很輕。來……」

蜥蜴僧侶背起女神官，以雙手伸出的爪子抓住石壁，拉起身體。

「呀!?」

「請抓牢了。喔喔，伶盜龍呀，還請照看貧僧的技法！」

之後的動作實在俐落。

他以腳爪與手爪靈活地咬進石塊間的縫隙，動作就和爬牆的蜥蜴一模一樣。

只是話說回來，速度終究稱不上敏捷，若是螺旋梯上有弓兵在，多半會淪為上好的活靶。

哥布林殺手與妖精弓手，則分別看向黑暗深處，維持警戒。

沒過多久，女神官到了對面的樓梯，朝蜥蜴僧侶一鞠躬。

「不、不好意思，謝謝你……」

「這點小事不足掛齒。妳反而該多長點肉比較好啊。」

「……我、我會努力。」

她緬靦地低下頭，蜥蜴僧侶點頭對她「嗯」了一聲，拿起解開的繩索，爬了回去。

接著背起礦人道士，確定所有人都抵達對面後，哥布林殺手縱身一跳。

他穿戴頭盔皮甲與鍊甲，在一行人之中最為重裝，跳躍距離卻很夠。

但著地時仍不免腳步略一踉蹌，女神官趕緊伸手來拉。

「你、你還好嗎？」

「嗯。」哥布林殺手簡短地回應，然後補上一句：「沒有問題。」

「好好喔，早知道我也該讓你背。」

「哈哈哈哈哈！相信以後還會有機會。」

蜥蜴僧侶豪邁大笑，妖精弓手對他說：「一定喔！」卻忽然停下腳步。

她的長耳朵忽然大幅度一震，形狀漂亮的白嫩手指，筆直指向牆角。

「啊，你們看，有了！這個，是升降梯！」

「喔？」

哥布林殺手興味盎然地喔了一聲，仔細打量這裝置。

對開的拉門埋在牆壁裡，一旁設有狀似操作盤的物件。

原來如此，這的確是經常在遺跡看見的升降裝置。

「所以那些哥布林都有在用這個？」

「未必。光看這樣說不準……」
「看起來是在運作。只是話說回來……唔，這是？」
蜥蜴僧侶發現不對，用爪子戳了戳的，是操作盤上的鍵盤。
這些用格子隔開的按鍵上刻有數字，看來是要用來輸入數字。
「這可不得了。原來不是鑰匙，而是用密碼啊？」
「啊。」
女神官見狀，拳頭在手掌上搥了一記，開始翻找行李。
她拿出的是在城池入口，從哥布林手上搶來的鑰匙。
這把鑰匙用細繩，和一塊刻有數字的金屬牌串在一起。
「這個，怎麼樣呢？起初我還以為這個數字是用來管理鑰匙的號碼……」
「那些哥布林不可能做出這麼細心的管理吧。」
妖精弓手聳聳肩膀，哥布林殺手點頭贊同。
這樣看來，八成錯不了。
「試試看。」
「好的！」
女神官拿著金屬牌，以慎重的表情，把三位數的數字打進去。
微微的震動中，低處傳來一陣低鳴聲。

隨後轉為輕快的音色，機械就此停住。

接著升降梯的門無聲無息地自行開啟。

「似乎是正確答案呢。」

女神官手按平坦的胸口，鬆了一口氣。

升降梯呈箱型，有著和城堡內牆一樣的石造結構。

儘管小得令人聯想起棺材，但要讓團隊全員搭乘也不是辦不到。

雖然看不出是靠魔法還是機械在運作……

「你覺得有陷阱嗎？」

「至少構造不會簡單到可以讓哥布林動手腳。」

他往裡頭仔細打量，用手上的劍尖當棍棒四處戳了戳，做出了結論。

「可是，我曾看過他們在井裡裝設吊桶。」

「這可真令人不寒而慄。」

妖精弓手揮揮手要他別說了。

要是搭到一半，裝備被切斷，一路往最底層掉落，這種情形她根本不想去想像。

「……我們走吧。」

女神官雙手用力握緊錫杖，以下決斷的聲調這麼說。

儘管她的表情略顯蒼白、僵硬，微微發抖。

「哥布林，都得解決掉，才行……」

她明白說出了這句話，哥布林殺手毫不猶豫地回答：

「對。」

女神官的表情微微放緩。

哥布林殺手的目光，在眾人身上掃過一圈。

妖精弓手挺起平坦的胸部，像是在說當然是這樣了。

礦人道士顯得渾不在意，檢查裝觸媒的袋子。

蜥蜴僧侶以奇妙的姿勢合掌，眼珠子一轉。

他看看眾人的表情，檢查自己的盾牌、鎧甲、頭盔、劍。

沒有問題。

計謀已經安排好。

那麼答案就只有一個。

「哥布林，就該殺光。」

冒險者們相視點頭，逐一搭上升降梯。

「這多半是向上，不過事情大概會弄得很不得了。」

「我想也是。」

哥布林殺手點頭這麼說，妖精弓手朝他微微揚起嘴角，諷刺地開口：

「地獄到了，地獄到了……說說而已啦。」

接著，門無聲無息地關上。

第7章『洗去鮮血』

升降梯發出低沉的驅動聲，載著這群冒險者不斷往上。

整個團隊連速度是快是慢也不知道，受到一種被往地上壓的感覺侵襲。

狹小的箱子裡，他們各自找了位子站好，拿著自己的裝備，神情緊張。

因為即使身在這升降梯之中，也未必就不會受到那些小鬼的奇襲。

「……嗚？」

妖精弓手忽然間接連發出「嗯？」或「嗯嗯？」之類納悶的聲音，手按耳朵。

她扭扭捏捏，毛躁地一直碰著長耳朵，不舒服地皺起眉頭。

「……怎麼？是聽見那些小鬼的腳步聲了嗎？」

「嗯，不是這樣……啊啊，真是的……！」

妖精弓手也不反駁礦人道士，忿忿地擺動長耳朵。

「吞口水。」

哥布林殺手在升降梯的角落檢查雜物袋裡裝的東西，這時小聲說了這句話。

妖精弓手狐疑地歪了歪頭。

「口水？」

「耳朵會舒服點。」

真的？妖精弓手懷疑歸懷疑，仍乖乖吞了一口口水。

「……啊，真的耶。」

結果似乎是有空氣從耳朵洩出，她轉而笑逐顏開，上下動了動長耳。

女神官見狀，也吞了吞口水，然後驚奇地眨了眨眼睛。

「嗯，耳朵會變舒服呢。」

「畢竟從外面看來，這城池相當高啊。」

蜥蜴僧侶手按升降梯內牆，做出像是要估算位置的動作。

當然並不是說這樣就能明白掌握位置，但既然耳朵會覺得不舒服，答案就只有一個。

「這就證明我們正順利上升。善哉善哉。」

「可是，」女神官以纖細的手指按在嘴脣上。

「要是在途中停住，該怎麼辦？」

「到時候就打開門，爬這垂直坑道上去。」

哥布林殺手說得斬釘截鐵。

既然已經身在高處，相信也不會太費工夫。

女神官覺得他這毫不猶豫答出的答案不出所料，朝妖精弓手使了個眼色，笑逐顏開。

「我要借妳的繩子用。」

「啊，好的。」

女神官心急地慌了手腳，連連點了好幾次頭。

「總覺得這次冒險者套組好活躍。」

「說冒險時別忘了帶上，的確是名言金句啊。」

礦人道士說著呵呵大笑，女神官面帶笑容回答：「對呀！」

對話就此中斷。

只聽得升降梯的低鳴聲一重又一重地迴盪，和腳下傳來的水流聲參雜在一起。

令人厭煩的幾秒空檔。一段每個人都不說話，就只是為了因應接下來要應付的事態而神馳物外的時間。

「……對不起。」

這句忽然間小聲傳來的話，是發自妖精弓手的嘴脣。

大概是感覺到整個團隊的視線都匯集到自己身上，她扭捏了一會兒。

「還有，謝謝。呃……大家。」

妖精弓手臉頰微微泛紅，靦覥地微笑。

面對面向人道謝，就是會令人難為情。

「明明是邀你們參加姊姊的婚禮，卻莫名其妙弄成這樣。」

「這哪有什麼大不了的。」

連一瞬間的猶豫都沒有，搶先這麼回答的人，是礦人道士。

他刻意用力翻找裝觸媒的袋子，對妖精弓手看也不看一眼。

「能做人情給森人的村子，實在爽快。況且怎麼說呢……」

礦人道士用力拉了拉自己的白鬍鬚，更加粗魯地丟下這句話。

「咱們不是夥伴嗎？」

「啊……」

看到妖精弓手瞪大眼睛，蜥蜴僧侶喉頭一響，重重點頭。

「畢竟一直以來都多虧獵兵小姐幫忙吶。」

他以飽含幽默感的愉悅動作，轉了轉眼珠子。

「這點小事乃舉手之勞。」

「而且，妳也知道。」

女神官雙手交疊，柔和地微笑。

「只要聽到有哥布林，哥布林殺手先生絕對會插翅趕去。」

「唔。」哥布林殺手沉吟一聲，她則爽朗地對他笑著說：「我沒說錯吧？」

「……也對。」

過了一會兒，哥布林殺手緩緩點動他那廉價的鐵盔。

「哥布林，就得殺個乾淨才行。」

「……真是的。」

妖精弓手放鬆了肩膀的力道，笑逐顏開。

「雖然實際上我們只認識一年出頭，但真的好濃厚啊。」

「至少一百年內別忘了喔？」

「礦人也真傻。」

妖精弓手嘻嘻笑了幾聲。她豎起細長的手指，在空中劃著圈。

「我哪有可能忘記嘛。」

好。妖精弓手用力在雙頰上一拍，重新振奮起精神。

她拿起弓，檢查弓弦，從箭筒抽出樹芽箭頭的箭，緩緩搭上弓。

然後瞪向天上，長耳朵頻頻擺動，以正經的表情說：

「風聲、腳步聲、交頭接耳。大概是天臺或天井。有一大堆。」

「最好是能一口氣突破。」

哥布林殺手從劍鞘拔出劍，手腕一轉，重新握好。

「你怎麼看。」

「這種時候，就用傳統的手法上吧。」

蜥蜴僧侶一瞬間閉目思索，然後唔的一聲點了點頭，做完了盤算。

「這樣可妥當？小鬼殺手兄前鋒，貧僧與術師兄兩翼，神官小姐站獵兵小姐身後。」

「好、好的！」

——隊伍最後面。

哥布林從背後出現。人被拉倒。嚷嚷。掙扎。腹部被短劍一插。

「……！」

女神官連連搖頭，想揮開腦海中閃現的光景。

「這個位置最不會受到敵人攻擊，所以別擔心。」

女神官緊閉嘴唇，神情緊張，蜥蜴僧侶對她點點頭這麼說。

「那，我只要盯緊四面八方支援你們就行了吧？」

「這可是樞紐。」

「我當然知道」妖精弓手挺起平坦的胸部回答。

「真是的，我好歹也是魔法師啊。」

礦人道士一邊發牢騷，一邊把裝觸媒的袋子牢牢背在肩上，拔出短斧拿好。

由於是施法者，身上並未穿著鎧甲，表現出來的風格倒也像是個獨當一面的戰士。

哥布林殺手鐵盔轉過去一瞥，簡短地小聲說：

「但我很仰仗你。」

「我知道，我知道。我會讓大家見識見識礦人的男子漢都很能打。」

「哈哈哈哈哈，貧僧等蜥蜴人可一族都是戰士喔？」

男人們輕鬆地相視而笑，兩位女性沒轍地對看一眼。

過了一會兒，咚噹一聲響後，升降梯停住了。

「行嗎？」

女神官注意到這隔著鐵盔看向自己的視線。

警戒和緊張不一樣。衝勁和衝動不一樣。

女神官深深吸氣，吐氣。她手按平坦的胸口，又一次深呼吸。

「……沒事，我可以。」

「門一開就快跑。準備好。」

哥布林殺手簡短地說完，面向前方。不用看也知道同伴們都點了點頭。

「施法者呢？」妖精弓手一邊檢查弓弦鬆緊，一邊輕聲問道。「大概會有，不是嗎？」

「一發現就最優先處理。」哥布林殺手說了。「沒別的辦法。」

「由我來講這句話也不太對，但這種對手實在麻煩啊。」

「就算被施展異常狀態法術，只要有一人沒事，就由這個人開始重整旗鼓。」

哥布林殺手若無其事地說了：

「只要沒全軍覆沒，就有得是方法。」

「萬一全軍覆沒……」女神官嗓音發顫，鐵盔盯著她看。

「要避免。」

這句強人所難的話，讓女神官不由得瞪大雙眼。

然後眉宇漸緩，嘻嘻幾聲笑了出來。雖然也許是強顏歡笑。

「……真沒辦法。那我會努力避免。」

「好。」哥布林殺手點點頭。「別動用法術，只用神蹟。」

「唔。」

「好的！」

兩名神職人員點點頭，各自結起聖印，向自己的神祈禱，祈求神蹟降臨。

「『伶盜龍的鉤翼呀，撕裂、飛天，完成狩獵吧』。」

「『慈悲為懷的地母神呀，請以您的大地之力，保護脆弱的我等』。」

隨後門開啟——

「我們上！」

他們飛奔而出。

§

哥布林薩滿看著聚集在天臺上的這群睡眼惺忪的屬下，心滿意足地點頭。

他們每個都穿戴亮晶晶的胸甲，拿著槍或劍，武裝十分精良。

可以說他的這些際遇，完全出於幸運。

他碰巧得到了魔法的力量，站上率領族群的立場，還得到了城池。

他用法術讓龍意識朦朧（沒料到龍並未睡著），還成功地驅使他去對付那些森人。

他深信這一切都是靠自己的實力贏得，但其實是運氣好。

「GORBB！GOBOROBBRBOGB！」

看著這些愚昧又糊塗的同胞，對自己拜伏在地的模樣，是多麼令他暢快？

大放厥詞說我會帶領大家去到新天地，又是多麼令他有優越感？

現在他甚至覺得感受得到在遙遠下方轟隆流過的水流。

「GORROB！GOROOROOB！」

黎明的昏暗，開始從地平線的另一頭，漸漸轉變為淡淡的紫色。

樹海吹來的那潮溼溫熱的風，讓這些哥布林極為舒暢。

「GBBORB！」

哥布林薩滿嚷嚷著說準備已經完成。

說要讓那些高傲看不起人老是一臉風涼又只會吃蟲子的傢伙，知道我們的厲害。

是段絕口不提他們自己也吃蟲的熱烈演說。

「GORB！」

「GBBRO！」

哥布林薩滿看著這些嚷嚷著說沒錯沒錯的傻子，舉起手上的杖。

這杖上嵌有他以前所殺的冒險者頭蓋骨，讓他非常中意。那女的有個好頭。

「GOOBRGGOG！」

他所構思（他認定是如此，對這個靈感沒有任何疑問）的詛咒完成了。

那些森人，還有更下游的那些凡人，都在喝自己同胞的血和糞尿。

無論商人、獵人，還是冒險者，全都被我們吃掉了。活該。

哥布林薩滿深信自己的詛咒已經成功。

因此才會鬧著說，現在他們能夠擊潰森人，奸淫擄掠一番，滅了他們。

如果不行也無所謂——一定是因為這些同胞太蠢害的。

只要這些雜碎不扯後腿，一切想必都會順利。

哥布林絕不會忘記仇恨。

不會忘了從他們祖先的時代，森人就一直看不起他們。

不會忘記十年前和他們敵對，打倒了魔神的劍之聖女。

完全不去想自己的所作所為就只是不斷地憎恨別人。

連並非直接身受其害，只是透過傳聞聽到的也都恨上了。

因此他打從心底下定決心。

要蹂躪、虐殺那些森人，把他們那位漂亮的公主抓起來，在她丈夫的首級前把她當孕母玩弄。

還要攻陷水之都，燒殺擄掠，把劍之聖女凌虐得再也振作不起來。

這是願望，是夢想，只不過是任由欲望橫流。

然而，哥布林除了欲望還能有什麼？除了仇恨、自保，還能有什麼？

哥布林薩滿，實實在在是隻哥布林。

「GOROBOOGOBOR！」

哥布林薩滿舉起杖，高喊出征。

這時一道突兀的輕快聲響傳來，彷彿在祝福他的戰嚎(War Cry)。

——什麼聲音？

下一秒，埋沒在牆內的一扇打不開的門，應聲開啟——

「先是，一……！」

§

哥布林殺手衝出升降梯，先用盾牌往小鬼身上一撞。

圓盤狀的天臺上，看似有上百隻哥布林。是錯覺嗎？但至少有幾十隻。

這群冒險者就像射出的箭，朝大批哥布林正中央衝了進去。

「GOROB!?」

他毆打跟不上狀況而嚷嚷的小鬼，把他往左卸開，接著朝進逼到眼前的哥布林咽喉揮出劍。

「GOROBOOBGR!?」

哥布林噴出血糊而無法動彈，就這麼溺死在自己的血泊中。

哥布林殺手一邊拔劍，一邊踢倒小鬼的屍體。

接著將高舉的劍，擲向在後方拖泥帶水地想拿起投石索(sling)瞄準的小鬼。

「GROOB!?」

「二。」

哥布林殺手對他後仰倒斃的模樣看也不看一眼，手放到準備一腳踹開的屍體腰帶上。

他搶走柴刀，揮了揮。不壞。

「闊步在白堊之園的偉大聖羊啊，請賜予永世流傳的鬥爭功勳之一端！」

左方有著蜥蜴僧侶在刺耳的怪鳥聲中，大肆揮舞雙手的「龍牙刀(Sharp Claw)」。

爪、爪、牙、尾。

畢竟哥布林殺手用盾牌卸過來的小鬼，全由他一手包辦。

「咿咿咿咿咿咿呀啊啊！」

「真是，我只覺得看了一輩子份的哥布林，長鱗片的卻砍得這麼開心。」

相較之下，右方則有礦人道士，手中短斧一次又一次地砍出，確實了斷沒殺乾淨的小鬼。

雖說他本身對肉搏戰並不拿手，多少仍有些餘力。

畢竟要對上的哥布林數目，已經先被哥布林殺手的劍削減過。

不僅如此，由女神官的祈禱所帶來的神聖屏障，更擋開了小鬼的攻擊。

對並非專業前鋒的礦人道士而言，這些支援非常可貴。

「另一頭！」

他正揮著斧頭努力頂住防線，就聽到妖精弓手出聲呼喝。

她同時射出三枝箭，解決了三隻，接著更頻頻動著長耳朵，毫不怠忽搜敵。

至於說她森人的眼睛捕捉到了什麼，就是偷偷摸摸彎腰躲在群體最裡頭的一隻。

「有個傢伙拿杖！品味很差！」

「薩滿嗎。」

哥布林殺手一邊把柴刀劈進第六隻的天靈蓋，一邊回答背後的妖精弓手。

他放開柴刀，任由小鬼軟倒，從他的腰帶抓起劍，搶了過來。

哥布林殺手順著拔劍的動作，回身砍斷了附近一隻哥布林的脖子。

「七。瞄得到嗎。」

「很難！」妖精弓手大喊一聲，已經搭箭拉弓。「我會試試看就是！」

女神官拚命奔跑跟上，卻又覺得這一切怎麼看都不像現實。

敵人數目很多，冒險者實在太少。

我曾經直接對上這麼大群的敵人嗎……？

——不曾。

女神官氣喘吁吁地拚命調整呼吸，跟在眾人身後，發現到這件事而當場愕然。

眼前有如潮水般湧來的哥布林。閃電般閃爍的記憶。

與哥布林王之戰。當時，她和哥布林殺手一起去攻擊敵人的首領。收穫祭上受到襲擊時，哥布林分得很散，一次要對付的數目本身很少。雪山堡壘那一次，是不斷奔跑後退，並不是正面硬闖。

筆直衝向大群敵人之中。刀劍交擊聲在四面八方響個不停。哀號。慘叫。鮮血與內臟的臭氣。

——就是剿滅哥布林！

——快、逃。

——……殺，呃……我。

慘叫聲在女神官腦海中迴盪。牙關咬得格格作響。

這些事情明明已經反覆做了一次又一次，但莫名地雙腿就是會發軟，一口氣就是喘不過來。

「嗚、啊……!?」

石彈擦過女神官的臉頰，將她的臉頰微微割開。

臉頰上竄過火熱與疼痛。流出的血黏呼呼的。

或許是因為祈禱中斷，導致聖壁的效果逐漸轉弱。

「……!」

忽然間下半身傳來溫熱的潮溼感，讓女神官用力咬緊了嘴脣。

為什麼自己站在最後面？
眾人期待她什麼？
她已經不再青澀，不至於連這都不懂。
她雙手用力握緊錫杖，高高舉起，對天上的神明獻上由衷的祈禱。
「『慈悲為懷的地母神呀，請將神聖的光輝，賜予在黑暗中迷途的我等』！」
這光輝宛如爆炸的太陽。
「GOBOGBO!?」
「GOOBR!?GOBOGR？」
地母神神聖的的光輝照耀下，長相醜陋的小鬼們痛苦難熬，發出慘叫。
有的小鬼遮著臉想逃走，卻從天臺摔下去，也有的小鬼被同伴踩死。
地獄般的慘狀讓女神官倒抽一口氣，但她仍拚命舉起「聖光」。
光芒成了逆光，從冒險者們的背後灑落，不會阻礙他們行動。
「好，得手了……！」
「GOBBRG!?」
箭在妖精弓手卓越的功力之下射了出去。
這枝箭就像有生命似的，從群體縫隙間穿梭而過，插在小鬼施法者的肩上。
「GORBBBR……！」

幾乎就在同時。

哥布林薩滿躲在大群同伴裡伸出的杖，迸發了法術。

「ODUUAAARUKKKUPIRUUUS！」

飄著甜香的淡紫色煙霧猛然噴出，瀰漫在整個天臺上。

「……！不妙……!?」

妖精弓手身體一歪，膝蓋尚未落地，被牽連進去的小鬼已經先倒成一片。

「這，是眠雲（sleep）啊……！」

「吸……務必保持清醒！」

摀住嘴的礦人道士，以及試圖叫醒妖精弓手的蜥蜴僧侶，動作也都明顯變得遲鈍。

——簡直像身在水中。

女神官眼瞼沉重，拄著錫杖勉力支撐身體，腦子昏昏沉沉地想著這樣的念頭。

旅途中，和大家一起洗澡的時候好開心。

搖來搖去，世界左搖右晃，站也站不穩。

——已經，無所謂了吧。

她覺得意識有過一瞬間的中斷。就在這一瞬間，「聖壁（Protecion）」完全消失了。

在逐漸變得好暗好暗的視野中，她看見單膝落地的妖精弓手後頭，有個背影。

待在法術範圍外的一群哥布林一擁而上，試圖拉倒他。

「啊……」

妖精弓手被拖倒在地。衣服被撕開。她昏昏沉沉，緩慢無力地揮手。

棍棒揮向礦人道士的肩膀。斧頭從他鬆軟的手中脫落，在地上彈開。

小鬼撲到蜥蜴僧侶脖子上，正以手上的短劍想從鱗片的縫隙間刺進去。

「……嗚。」

哥布林殺手的肩膀上插著劍。

有血。

「哥布林殺手先生。」

這句低語細如蚊蚋。然而，這樣就夠了。

「……！嗚！」

她吸氣。總之就是吸氣。小小的胸口吸足了氣，再呼出來。

「嗚啊啊啊啊啊啊啊啊啊啊啊啊啊啊啊啊啊……！」

喉頭迸出連自己都想不到的驚人音量。

「大家……！哥布林、殺手、先生……！」

沒有人答話。

她舉起錫杖。

「哥布林殺手先生！」

沒有回答。

「……！」

女神官咬緊牙關，拚命維持意識，視野中看見了遠方一隻蠢蠢欲動的小鬼。

看見他舉著杖，肩膀滴血，但仍一臉嘲弄的模樣。

從箭傷沿著手臂滴落的血，啪一聲混入哥布林薩滿的腳步聲中。

——汙穢。

這只可能是直覺。

絕對不是來自地母神的天啟。

是一名年僅十六歲的少女，和哥布林殺手這位冒險者一同走過的經驗，所得出的答案。

自己能做什麼？又該做什麼才好？

「『慈悲為懷的地母神啊，請以您的御手，潔淨我等的汙穢』！」

神蹟果然發生了。

「GORB!?」

即使發現異狀，也已經太遲。

因為這一瞬間，哥布林薩滿的血液已經化為**純水**。

「GOBOGGBOGOBOOGOGOBOGOOG！？！？！？」

內臟被人用力翻攪似的痛楚，讓哥布林薩滿發出慘叫。

令人毛骨悚然的慘叫，讓女神官有種靈魂被撼動似的感覺，突然回過神來。

「咦、啊、啊……!?」

因為她聽見噗一聲線被切斷似的聲響，和天上的聯繫就此斷絕。

緊接著，聲音，以及整個世界，都回到了耳裡。

——方才的「淨化（Purify）」神蹟，再也不准這樣使用。

「啊、啊……!?」

靈魂被當頭棒喝似的衝擊，從根基動搖了她的精神。

她犯下了要不得的禁忌。

要知道是慈悲為懷的地母神、那位接受她靈魂相連的天神——

對她的行為，以嚴厲的聲音發出了告誡。

「啊啊……！」

錫杖喀噹一聲，滾落到天臺地面上。

就像被沖往深淵一般，當場血色盡失。

女神官茫然按住胸口，這才注意到自己正熱淚盈眶。

「嗚啊、啊啊啊啊啊啊啊……！」

© Noboru Kannatuki

然而。

「幹得好。」

像個孩子般號啕大哭的她，耳裡聽見了這句話。

就只是一句話。

「啊……」

就只是這樣。

僅僅這麼一句話，她那隨時都會軟倒的雙腿就有了力量。

「……是、是……！」

「好。」

用一句話來形容哥布林殺手，就是遍體鱗傷。

試圖從鎧甲縫隙穿破鍊甲刺入的短劍。毆打的痕跡。

他拔出肩上的短劍，看到上面塗著一層黏液，啐了一聲。

接著從腰間的雜物袋裡拔出綁了細繩的瓶子，一口氣喝掉。他接連喝了兩瓶。

是賦活劑（Elixir）和解毒劑（Antidote）。

接著將空瓶隨手往附近一隻小鬼頭上用力砸去。

「GOOBOG!?」

回身一記左手盾，擊殺了撲倒妖精弓手的小鬼。

「GROBO!?」
「二十一。站起來！」
「！啊……歐爾克博格……？」
她搖搖晃晃地站起，模樣十分悽慘。
身上染血、受傷，被小鬼的腦漿潑到，衣服也被撕開。
但還活著。
這就夠了。
「喝掉——拿去用！」
哥布林殺手左手朝她扔出藥水，右手將劍拋給礦人道士！
「喔、喔！」
礦人道士反手接劍，舉起，劈下，一劍割開了小鬼的肚子。
「GOBOGOOBOG!?」
「這個好啊，嚙切丸！」
礦人道士踢倒肚破腸流的小鬼，大聲呼喊，朝下一隻哥布林揮劍。
儘管右手癱軟地下垂，戰意卻很充足。左手劍又宰了一隻小鬼。
「唔……！」
而一旦恢復神智，蜥蜴僧侶的膂力就是舉世無雙。

他抓住手持利刃想刺進他脖子的小鬼頭部，強行往地上一砸。
「GOBORO!?」
哥布林的脖子歪往異樣的方向，頻頻痙攣地斷了氣。
其間爪、爪、牙、尾繼續呼嘯生風，打得好幾隻小鬼離了地。
蜥蜴僧侶袖口在染上小鬼鮮血的下顎上用力一抹，咻一聲吐氣。
「小鬼殺手兄，我們要重整旗鼓！」
「拜託了。」
哥布林殺手抓住就要癱軟在地的女神官手臂。
「啊……哥布林、殺手……先生。」
女神官茫然看著他的身影。
鐵盔破裂，皮甲損毀，血腥味也很重。
但他從頭盔的縫隙間，以紅色的眼睛直視著她。
「幹得好。」
「……！是、是……！」
聽他再度說出這句話，女神官用力擦掉眼角的淚水，撿起在亂戰中掉落的帽子和錫杖。
還沒結束。哥布林還很多。戰鬥離結束還遠得很。

「『受傷反增美麗的蛇髮女怪（Gorgos）龍呀，將妳的治癒賦予我手』。」

蜥蜴僧侶的祈禱，在一團溫暖的光芒中讓整支團隊恢復了活力。

是治療（Refresh）的神蹟。噢噢，多虧有可怕的龍所賜予的庇佑。

哥布林殺手隨手朝一隻小鬼的咽喉揮劍，也當作是檢查傷勢癒合的情形。

「ＧＯＲＯＢＯＲＯ!?」

「二十又二。我們得前進，跑起來……跑得動嗎？」

「沒事……倒是這玩意，好苦啊。」

哥布林殺手踹倒口噴血糊掙扎的小鬼，妖精弓手朝他發起牢騷。

她拉緊被撕開的胸口衣服，啐一聲拋開空瓶，對女神官瞇起一隻眼睛。

「好了，我們上吧！」

「好的！我也……可以……我們走！」

女神官拚命扯起嗓子回話。對於從後方逼近的小鬼，她猛力揮動錫杖牽制。

「術師兄，準備好了嗎？」

「當然好了。畢竟就是為了這個，我們才辛辛苦苦扣著法術不用！」

蜥蜴僧侶與礦人道士之間也有了對答，團隊繼續往前邁進——不。

「ＧＯＲＯＢ！」

「ＧＲＯ！ＧＲＢ！」

或許應該說，他們終於**被逼退到**高塔天臺的邊緣。

只要再退幾步，就是一整片斷崖峭壁般的空間，能從遙遠的高處將樹海盡收眼底。

這些從「淨化（Purify）」造成的混亂中恢復過來的小鬼，露出滿臉下流的笑容，步步進逼。

被那個森人跑了，就再把她撲倒強暴。把那個耍花樣的小姑娘撕爛。

男人殺了，女人上過再殺。死掉的同胞都是些傻子，但還是要讓他們受到該有的報應。

對這些小鬼而言，同胞的死也不過是用來肯定自身欲望的理由。

這些怪物各自拿起武器，下體鼓起，眼睛燃燒著欲望。

被這大群怪物包圍，哥布林殺手淡然地開口：

「**跳！**」

冒險者們接連往虛空縱身一躍。

從下往上流動的空氣吹走了溼氣，冷卻因戰鬥而發燙的身體。

黎明的光開始從地平線另一頭升起，朝天空、朝樹海，朝眾人投射光線。

但再這樣下去，眾人顯然遲早會被重力拖引重重摔向地面，成為一團慘不忍睹的肉泥。

「GBBRB！」

「GROGGB！GORRBGROB！」

就在這些低頭俯瞰的哥布林高聲嘲弄的情勢下，礦人道士露出剽悍的笑容。

他粗短的手指在空中快如電閃地比劃，結成複雜的法印，朗朗呼喊：

「『土精(Gnome)唷土精，甩桶成圈，一甩再甩，甩夠放手』！」

緊接著，墜落的勢頭迅速衰滅。

這是「下降(Falling Control)」的法術──不枉他們省下了法術。

團隊就像被一隻看不見的手掌托住，輕飄飄地從半空緩緩降落。

如此一來，即使落到地面上，相信也將毫髮無傷。

「哇、哇、哇……！」

風輕柔地掀起衣服下襬，讓女神官急忙伸手想按住。

妖精弓手看到她這樣，也鬆了一口氣。

剛才那種緊繃得像是隨時都會斷了線一般的表情，不適合她。不希望她這樣。

──剿滅哥布林這種事果然很那個。

妖精弓手輕巧地伸出手，緊緊握住女神官的手。

「啊……」

「妳還好嗎？」

「對、對不起……！」

「沒關係，真的。幹得漂亮啊，礦人！」

「那還用說。」

礦人道士得意洋洋，瞇起眼睛看著妖精弓手笑咪咪的表情，從腰間掏出酒瓶，喝了一口。

朝陽、朝霞、晨光、風、森林、世界。

哪裡還會有讓酒喝起來如此美味的景色呢？

「計畫順利成功了吶。」

蜥蜴僧侶歷經千辛萬苦似的讓全身鬆弛，呈大字形飄在空中說著。

他的姿勢看似鬆懈，只有一雙眼睛始終盯著上方的小鬼。

可以清楚看見哥布林指著他們嚷嚷。

「雖然途中還以為大勢已去了。」

「是啊。」

哥布林殺手往上看去，說道：

「要解決那些哥布林，還是這招最好。」

§

「G……B……」

哥布林薩滿的意識，就是在這個時候清醒。

他覺得河水聲格外地響，懷疑是自己耳鳴，搖了搖頭。

他呼吸困難，視野昏暗，氣喘吁吁，拄著杖才總算站起。

原因在於一部分血液變成水，讓氣無法在體內運行，但他不會懂。

定睛一看，同胞們正從天臺邊緣往下望，大聲嚷嚷。

「GOBOOGB……！」

這些傢伙太不像話了。難道就沒有一點要來幫助領導者，尊敬領導者的心思嗎？

哥布林薩滿也不想想自己剛才才拿他們當擋箭牌，暗自咒罵。

而且看來還讓那些冒險者給跑了。這些傢伙真不中用。

「GORB！GROBOOGOBOGR！」

「GBBGROB!?」

哥布林薩滿胡亂揮舞杖大吼，就有幾隻回過頭來。

他想到的不是因為有人回應而欣喜，而是為了有人不理他而氣憤。

這些傢伙果然不行。

等捉到那個森人或凡人女子，又或者是在森人之村捉到他們的公主，就要把群體都換成自己的孩子。

地位最高的是他，所以他理所當然可以隨意挑選喜歡的女人來當孕母。

這點權利他有。

「GROROB……？」

只是話說回來……**這水聲，是怎麼回事**？

「GROROBOROGBORO！？！？！？」

下個瞬間，哥布林薩滿的身體被從升降梯口噴出的洪流給沖上了天。

他被急流拋向空中，生命最後的幾秒鐘，想必是在一頭霧水中度過。

他終究無法理解，這座堤防要塞是被「隧道（Tunnel）」穿了個洞。

更不會想到水會因為水壓，從最下層沖到最上層來。

這些哥布林肯定無從想像，水竟然可以從低處往高處流。

要是建造這座遺跡的人，知道事情如此落幕，必然會為這些不祈禱者的末路而欣喜。

正因為施工滴水不漏，在水積得足夠而噴出來前，都沒有任何人發現。

而哥布林薩滿掙扎著下墜，撞得腦漿濺滿地面而死。
他曾存在於此地的痕跡，也立刻被水流洗刷得無影無蹤。
這樣的下場正適合他。

§

雨水般的水花灑下，被陽光照得閃閃發光。
不時可以看見有被沖出來的哥布林摔落，從這高度看來，勢必無法活命。
「這、這不要緊嗎……？」
妖精弓手搖頭甩去濺溼的頭髮上沾到的水，有點不解地問。
哥布林殺手重重呼出一口氣說道：
「『隧道』很快就會縮小、填平。建築物不會毀壞。」
「我不是說這個。」長耳朵不耐煩地擺動。「是說裡面積的水。」
「這就沒辦法了。」
哥布林殺手答得十分淡然。
「除了晚點再回報森人之村、請他們處理外，別無他法。」
妖精弓手「哼」了一聲不再說話，礦人道士見狀呵呵大笑。

「那麼，回去就是婚禮囉？」

他輕飄飄地身處半空，欣賞朝霞，品味酒精。

維持這個狀況的是礦人道士。要是一有鬆懈，所有人不免當場摔死。

妖精弓手看著他的目光，像是在看著令她難以置信的事物，但礦人道士絲毫不放在心上。

「妳都不打算結婚嗎？」

「一千年內不打算。」

「小心太晚嫁喔。」

「要你管！」這句話讓妖精弓手吼了回去。

一如往常的吵吵鬧鬧，迴盪在滿天朝霞之下，讓蜥蜴僧侶愉悅地眼珠子一轉。

「待貧僧變成龍，可否來迎娶妳做龍的新娘？」

「你在說什麼呀。」

妖精弓手的長耳朵，不會漏聽這樣的玩笑話。

她就像找到了新玩具似的，笑吟吟地瞇起了貓一般的眼睛。

「告白？認真的？」

「誰曉得呢。不等到千年後，實在頗難斷言吶。」

而女神官茫然看著三名同伴的這些互動。

妖精弓手和她交握的手已經分開，沒有人牽她。
只能在半空中按住帽子與衣服下襬，慢慢往下飄去。
聽到她不經意的吐氣聲，哥布林殺手的鐵盔動了。
「累了嗎？」
「啊，不會！怎麼會……」
女神官趕緊連連搖手否認。
然而——然而。
她不知道該怎麼說才好，就只是小小吐露了心聲。
「……但還是，有一點。」
「是嗎。」
那樣，真的好嗎？那樣使用「淨化(Purify)」的神蹟。
——不，絕對，不好……
雖說是對哥布林用，但把用來潔淨水的神蹟，用來奪走他人的生命。
地母神之所以回應她的祈禱，乃是因為她的祈禱是為拯救他人的性命而發。
所以慈悲為懷的地母神，指責了她的行為。
告訴她，下不為例。
她就是犯下了這麼大的禁忌。

可是……

——地母神回應祈禱，為我們引發了神蹟。

這該如何解釋，如何理解才好呢？

一年前，第一次展開冒險的她，什麼都不懂。

到頭來，她懂的只有兩件事。

一是自己還在繼續當冒險者。

二是哥布林殺手，無疑殺光了哥布林。

——我……有資格繼續信仰地母神嗎？

我值得地母神為我引發神蹟嗎？

她不懂。無從懂起。

比起一年前，自己可有任何一點長進……？

「妳看。」

「咦……？」

忽然間聽到這句輕聲細語，女神官趕緊猛力抬頭。

朝陽太刺眼，讓她不由得眨了眨透出淚水的眼睛。

泛白的天空。一望無盡的綠色。以及——……

「是彩虹。」

間章

『將地獄打落深淵的故事』

「嘿，呀啊！」

伴隨跳躍的少女發出的叫聲，太陽粲然照亮了深鎖在深淵黑暗中的地底世界。

這裡實實在在就是地獄。

大地的黑暗占了三成，剩下七成則是紅褐色的惡鬼（Demon）。

頭上更有著啃食這盤上世界、令人錯以為是巨大蜈蚣的食岩怪蟲（Rock Eater）。

但高高飛起的少女嘴角一揚，惹人憐愛的臉上露出剽悍笑容。

「黎明的，一擊！」

太陽爆炸！

她手中的聖劍，刀刃發出翠玉色光芒，毫不留情地射穿了這些怪物。

想一口吞下少女而伸展身體的食岩怪蟲群體，轉眼間就被照得破裂殆盡。

飛濺過來要玷汙少女頭髮的液體，卻被籠罩著綠光的聖劍餘熱蒸發。

面對瀰漫在地獄裡的大群惡鬼，卻一步也不退讓的少女，此刻仍毫髮無傷。

「地獄(Doom)來了，地獄(Doom)來了！」

勇者在空中翻轉，一個動作就挑準了落足點，輕巧地落到岩臺上。

接著用聖劍指向立刻爬上岩臺的大群惡鬼，並以左手結出法印。

「『卡利奔克爾斯(火石)……克雷斯肯特(成長)……雅克塔(投射)』！」

火球在轟隆聲中膨脹，接連擲出了兩三顆。

惡鬼被炸飛的燒焦肉體在空中散落，勇者出聲問道：

「我是還能打，妳們那邊還要多久？」

「大概……再一陣子！」

回答聲音來自大群惡鬼之中。

是雙手牢牢握住長劍，擺出來者必斬架勢的劍聖。

不，事實上就是來者必斬。

惡鬼想拉近距離而微微一動，下一瞬間就已經身首異處。

真正熟練的戰士，不會錯過發動攻擊的良機。

她以不凝視就看不出有在挪動的滑步，偏離對手攻擊線，回劍刺殺進逼的敵人。

這種戰法一點也不搶眼，隱含的紮實功力卻極為精采。

而她所保護的，則是一名持用大型法杖、意識專注的法師。人稱賢者的她忽然

睜開眼睛，看向遙遠上空的岩盤。

「……上方的水流變了。對方的魔法陣似乎壞了。」

「哼～？是還有其他冒險者嗎？」

勇者以一波法術齊射擊潰了小兵後，趁機衝了過去。

『地獄之門即將開啟』。

黏土板上所刻的這句話，是接近神代的魔法師所留下的警句。

曾致力研究「轉移」法術的他們，犯下了一個失誤。

那就是將「轉移」之門，接往了萬萬不能接通的地點——地獄。

雖然緊急施加封印，終有一日仍會開啟。在預測的年份、預測的日期——

——結果就是挑在這個時機打開，也不知道我的運氣到底是好還是不好！

勇者並未回頭看向背後，筆直向前飛奔。

她雖然念過書，但實在不覺得自己能夠完全理解世界運行的道理。

一面對厚重的書籍閱讀法則（規則），頭就會開始痛。

所以，能夠封印「轉移」之門的，唯有賢者一人。

雖然這位可靠的同伴常說她尚未達到顛峰……

「……會不會是那些森人？」

「難說吧。他們很常按兵不動，會這麼臨機應變地做出處置嗎？」

「……森人所下的棋路，往往會從令人意想不到的時間和角度，直取要害。」

所以根本無從理解。說這句話的賢者比任何人都博學，這點勇者非常清楚。

而為只會揮劍的自己解說術理的，則是劍聖。

勇者由衷覺得這四方世界何其美妙。

並不是因為她很強。也不是因為她是勇者。絕對不是。

要是世界的價值因為**這種小事**就改變，誰受得了？

有朋友，有故鄉，有喜愛的事物，天空很漂亮，還看得到彩虹。

「算了，怎樣都好！只要幹掉這傢伙，就全都解決了！」

所以，不可以讓世界成為這些傢伙的囊中物！

眼前——擊潰這些惡魔蝦兵蟹將後，依稀可見一隻蜘蛛般令人看了就噁心的怪物。

顯然就是這巨大的怪物，領導著這些惡鬼。

多麼可怕的怪物。那些金屬下肢，想必輕而易舉就能刺穿她的身體，將她殺死。

貧嘴的人總說，她之所以能和這麼可怕的怪物交手，是因為她是勇者。

——怎麼可能。

少女的朱唇底下露出皓齒，臉上浮現剽悍笑容。一種彷彿鯊魚要噬咬獵物時的笑。

離賢者關閉「轉移」門，還差少許時間。

哪怕只是一秒鐘，又如何能讓世界落入這樣的傢伙手裡？

能夠和這種怪物交手的理由，只要自己和朋友知道，想必就足夠了。

「我要、上啦啊啊啊啊！」

勇者大吼一聲，揮出了連自己都覺得凌厲無比的**會心一擊**（Critical Hit）。

第8章『仲夏夜之夢』

「那麼雙方請宣誓。」

年長卻仍洋溢青春氣息的森人長老，朝著主座，恭恭敬敬地低頭行禮。

螢火蟲之類的夜光蟲帶著燐光交錯飛舞下，森人與冒險者們聚集到了大廳。

眾人席地而坐，以葉為盤，裝滿料理與水果，酒杯裡放著巨大的果實。

主座位於大幅突出的樹根上，可以睥睨坐滿的來賓。

其中可以看見以剔透的絲絹與繁花，以及蝴蝶與蜻蜓翅膀妝點的新郎新娘。

他們兩人略帶靦腆的視線交互對望，輕輕執起了彼此的手。

「烏撒米阿基托歐托克　利伊諾摩丁內伊艾　伊諾尤倫阿何奧　奇希歐諾卡希沙塔瓦！」

「烏撒米阿基托歐托克　歐西羅尤伊納奧托　伊索托托奧　奇何諾卡希沙塔瓦。」

戴閃亮頭盔的森人說得抬頭挺胸，戴花冠的森林公主說得遮起微微泛紅的臉頰。

聽到兩人歌唱般的誓言，夜間伸展枝葉的大樹，大大擺動樹枝回應。

樹葉婆娑作響。森林在歡笑。森林在歌唱。願他們兩人的生命得到祝福，願他們兩人的生涯得到幸福。

「兩位可聽見了森林的祝詞？」

司祭靜靜上前，問出這句話，這對男女幸福地互相使了個眼色，同時點頭。

「唔。」

「聽見了。」

「那麼兩位請答禮。」

司祭捧著大弓與箭，遞給兩人。

是為了這一天而準備的赤柏松木弓與樹芽箭頭的箭。

戴閃亮頭盔的森人執起弓，戴花冠的森林公主拿起箭。

司祭深深一鞠躬退下，兩人便相擁似的依偎在一起，舉起了弓。

丈夫舉起弓，妻子搭上箭，兩人一起拉緊絲弦。

瞄向天空。

瞄向有著雙月與繁星閃閃發光的夜空。

仔細一看，構成大廳屋頂的枝葉讓出了一條路，開啟了天窗。

若說繁星是眾人的眼睛，那麼這四方世界裡，又還有哪裡能夠得到如此多的祝福呢？

箭從奏出豎琴般繞梁音色的弓弦射出。

樹芽箭頭的箭有如倒行的流星，竄向夜空遠方，不見落下。

相信箭落地之處，又會有新的樹木生長、繁茂，成為森林中新的一分子。

「誓約於此成就！」

侍立在一旁的司祭高聲宣言。

這場婚禮已經在森人、森林與眾神之間，得到了肯定，得到了祝福。

「相信這一夜，將會成為傳頌千古的『彩虹出現的月夜』！」

話聲一落，森人們盛大地鼓掌。

愛是命運　命運即死

哪怕為少女效勞的騎士　遲早會落入死亡深淵

就連以空龍為友的王子　也將留下心上人而逝

倘若愛上聖女的傭兵　壯志未酬即葬身沙場

那麼愛上巫女的國王　亦改變不了別離之時

英勇事蹟的落幕　並非人生尾聲　因此

這場名為活著的冒險　將持續到命數終止
是戀是愛　孰生孰死
豈能輕言擺脫？　然而
這又有何可懼？
愛是命運　命運即死

森人之民紛紛拿出豎琴與大鼓排好，大家熱鬧地唱著歌。

森人這個民族本來就懂得欣賞音樂舞蹈，喜歡令人愉快的活動。

他們的壽命長得無法單調度日。

即使精神已經老成、達觀，拿來當慶典口實的紀念日仍然很多。

年輕森人結婚是不用說，只要「什麼都沒發生的日子」減少，他們都會盛大地慶祝。

每個人都特別，今晚很特別，百年後的今晚肯定也很特別。這些都將永遠持續下去。

「那，中了小鬼的圈套時，是怎樣脫困的？」

「唔、唔嗯。就我和長耳丫……更正，我是說和那邊那位公主，這個嘛，往毒氣孔……」

「說到難以名狀的眼球怪物，想必非常可怕吧！」
「姆。不，那個該怎麼說……可怕是可怕啦，叫聲也怪得很。」
「我們公主老是給各位添麻煩，實在過意不去……」
「不、不會，那倒不至於。喏，她的眼睛很利……」
就連礦人道士，也被年輕──說年輕，卻也比他年長──的森人們團團圍住。
即使知道彼此祖先代代不和，他們大多不曾親眼見過礦人。
何況還是冒險者！
礦人道士四面八方都被森人包圍，追問各種冒險事蹟，讓他說話都變得吞吞吐吐。
森人的酒對礦人而言本來就已經太淡，這樣實在喝不醉。
他終於發出哀號，高高舉起粗短的雙手。
「喂～長鱗片的！好歹來幫點忙啊！」
至於他叫到的蜥蜴僧侶，則坐在宴會廳角落，吃得嘖嘖讚嘆。
把蒸蟲子啃個精光，大口喝著葡萄酒，抓起柳橙果實一口吞下。
張開大顎的豪邁吃相，讓幾名森人婦女驚訝得睜圓了眼。
「諸位莫怪，貧僧雖非草食，但也不是什麼都──喔，術師兄，怎麼啦？」
「我一個人根本應付不來這些傢伙！」

「待貧僧瞧瞧。」

蜥蜴僧侶終於起身，慢條斯理地從森人間穿梭而過，趕去救援。

他用自己高大的身軀，往森人與礦人圍坐的圈子裡重重一坐，張開雙顎說了聲「好吧」。

「既然如此，各位森人朋友啊。要不要聽聽我蜥蜴人一族的強者黑鱗・暴風呼喚者的故事？」

「啊啊，我知道！我見過他。」

略顯年長的森人舉起手這麼一說，蜥蜴僧侶的眼珠子就大大轉了一圈：

「哈哈哈哈。那麼就請各位慢慢品味一千一百年前的事實與傳說之間，有些什麼樣的差異吧。」

　正巧就在告知雨季來臨的一滴　落在樹葉上的這天
「紅雲」王與「甜風（馬卡・瓦塔）」締結良緣
產下王子的蛋後　姬妾「黑鹿（赫哈卡・薩巴）」有了身孕
遭棄的命運之子　從碎裂的殼中爬出
擁有影鱗之人　而後噴出青色火焰　連兄龍亦加以屠戮的　命運之子
終於咬斷魔王的咽喉　他就是威名遠播的「暴風呼喚者（艾赫納烏諾爾）」——……

蜥蜴人特有的這種在喉頭深處低吼似的吟唱，讓森人們「喔喔」一聲驚呼，豎起了長耳朵。

坐在高位的新郎新娘雖然也不例外，但不同於其他人，總有些心浮氣躁。

這麼說是因為新郎始終牽著新娘的手，讓她連耳朵都紅了，低頭不語。

「看姊姊那樣子，是真的在害羞耶。」

妖精弓手在吹得到夜風的樹節旁哈哈大笑。

她白皙而苗條的身軀，裹在閃閃發光又通透的白布禮服中。

大概是絲絹吧。

養蠶也是和蟲打交道，這方面森人才是老手。

她拿著裝了葡萄酒的杯子，瞇起眼睛，任由夜風吹拂頭髮，整個人輕飄飄的。

哥布林殺手心想，壁花這個說法，還真是其來有自。

「妳不過去，沒關係嗎。」

他靠在遠離宴席的牆上，說出短短一句話。

「嗯嗯？」

一回到村子，她馬上就跑去逼問長老們：「為什麼之前不告訴我！」

而此刻被酒精染紅臉頰的她，狐疑歪頭的模樣裡，已經絲毫看不出當時的激昂。

哥布林殺手一邊回想小時候聽過的童話故事裡所出現的妖精，一邊淡淡地說下去：

「……是妳的故鄉吧。」

「啊啊，沒事沒事。」

也不知道這句話裡蘊含的意義，妖精弓手聽懂了幾成。

她用小口啜飲著的葡萄酒沾溼嘴脣，搖了搖手。

「反正對他們來說，感覺就像凡人(Hume)離開兩三天就跑回來了。」

「是嗎。」

「姊姊也說等忙到告一段落，會寫信給我。」

總不好意思打擾他們新婚吧？妖精弓手挺起平坦的胸部，說得十分自豪。

——說到這個。

腦海中閃過的，是以前的水之都。

妖精弓手模模糊糊地想起他曾寫過信。

「你啊，要不要寫封信回去看看？」

所以就像心血來潮似的忽然提起。

說起來這傢伙老是在打哥布林，每天都只在牧場、公會與洞窟之間往返。

「你一直沒回故鄉吧？」

「實在不覺得對方會讀。」

他似乎微微笑了。鐵盔緩緩左右搖動。

「……我是個不成材的弟弟。」

「會嗎？」

這回答讓妖精弓手揚起一邊眉毛，用白嫩的指尖在空中畫圓。

「我倒是覺得你做得很好耶？再說，你好歹也是銀等級吧？」

「是嗎。」

哥布林殺手又說了一次，點了點頭。

「……是嗎。」

「傷腦筋，歐爾克博格真的只會講『是嗎』。」

妖精弓手發出宛如鈴鐺滾動的笑聲，踩著跳舞般的腳步留下他，離開了窗邊。

「要過去了嗎。」

「女孩子有女孩子的樂趣喔。」

「妳的，」哥布林殺手低聲說道。

妖精弓手正要走開，聽到這句話後停下腳步。

她歪了歪頭轉身一看，哥布林殺手獨自呆立不動，不發一語。

妖精弓手決定等一等。森人有得是時間。

過了一會兒，才好不容易掌握到了要說的話。

「妳的姊姊能成婚，我覺得很好。」

這是一句不值一提、毫無趣味、平凡得無以復加的祝詞。

但妖精弓手維持停下腳步的姿勢，瞪大了眼睛，長耳朵一晃。

「……謝謝你。」

她莫名感到難為情，快步走進宴席的喧囂之中。

她沒想到歐爾克博格會說那樣的話。沒想到他說得出口。

她的腳步就像浮在半空中，犀利的目光卻不會放過獵物。

她以森人特有的俐落動作伸出手，抓住的是一條比她更細的手臂。

「啊……」

呆呆站在牆邊的女神官的手臂。

其他森人也邀她換上禮服或其他服裝，但她以自己的神官服就是正裝為由拒絕，依舊是平日的打扮。

「妳到底是怎麼了?這麼無精打采。」

「沒有啦……」

女神官一瞬間低下頭，隨即又強行動起僵硬的臉頰。

「我沒什麼事喔？」

「別撒謊。」

「啊嗚。」

妖精弓手立刻用食指在女神官鼻尖上一彈。

「好啦，悶悶不樂的時候不管說什麼都好，總之就是要說話。這可是喜宴啊。」

「呃……」

女神官按住熱辣辣的鼻尖，眨了眨微微滲出淚水的眼睛。

「那……可以告訴我剛剛那兩句祈禱的話，是什麼意思嗎？」

「啊啊，那個？」

妖精弓手笑著說「也沒什麼大不了」。

「就只是承諾以後要一直在一起。」

——我誓言以此人為伴侶　永不分離。

——我誓言以此人為夫婿　永久相依。

「當然，這是指對森人而言的『一直』。」

妖精弓手說完，瞇起一隻眼睛，用力拉了拉女神官的袖口。

「欸，幫他們祈禱一下。」

「祈禱、是嗎？」

「對，向地母神祈禱。祂和森人也不是那麼無緣吧？」

這正是女神官痛苦的根源。

──我……

真的還有資格對地母神祈禱嗎？

自幼開始就絕對不停止祈禱，在與小鬼的戰鬥中也勉強支撐住了。

但在要塞那一戰，她終於不由得以地母神的神蹟，直接傷害了他人。

當然對手是哥布林。

是小鬼。

她十分明白要是不打倒對方，會有什麼下場。

至今她也間接奪走過許多性命。事到如今，對於不得已的殺生，她並不後悔。

──然而，那也絕對稱不上公平……

所以地母神才會發怒、斥責她。

「……我明白了。」

女神官咬得嘴脣出血，雙手緊抓著錫杖跪下。

──哪怕我已經不值得被愛……

為了在場朋友的幸福，為了朋友姊姊的幸福，為了她伴侶的幸福，還請垂聽。

當然她也明白，這樣的祈求未免想得太美……

「慈悲為懷的地母神啊，請以您的御手，在他們要走的路上布滿收穫……」

她閉上眼睛，獻上祈禱。
這一瞬間，女神官微微發出「啊」的一聲。
她那與天上眾神相連的靈魂，被又大又溫暖的手掌充滿慈愛地籠罩住。
就只有一瞬間。這一剎那比懇求神蹟的時間還短，但絕對不是錯覺。
女神官一臉茫然，隨即笑逐顏開。
「地母神，聽進了我的祈禱……」
「好，這下姊姊也沒問題了。」
女神官簡短地回答「是」，然後用袖子用力擦了擦眼角。
「那麼——好了，我們走吧！」
「咦、啊、哇……！」
緊接著她的手臂又被妖精弓手抓住，被對方拖著走。
「請、請問有什麼事嗎？」
「妳馬上就會懂了……啊，有在有在。來，妳們兩個也來啦，來嘛。」
她說聲失禮囉，直接跨過宴席的料理，女神官一邊低頭道歉一邊跟上。
也不知道她在這熱鬧的喧囂中是如何辨識出來的，但她就是找到了盛裝打扮的櫃檯小姐與牧牛妹的身影。
兩人都穿著森人準備的薄紗禮服，大概是因為酒精，臉頰都泛紅了。

這樣一看，明明穿著同樣的服裝，她們的肢體卻硬是比妖精弓手豐滿許多。

她一瞬間嘟起嘴，但立刻又露出爽朗的笑容。

只要再過個一、兩百年，自己也會變得和姊姊一樣吧——應該，大概。

「呼，總覺得就是會緊張呢，這是我第一次參加這樣的宴會……」

「只要抬頭挺胸就可以了，抬頭挺胸。」

相較於牧牛妹難為情地搔著臉頰，櫃檯小姐則顯得若無其事。

她落落大方地舉杯喝酒，彷彿在說自己勻稱的身體沒有需要難為情的地方。

「哎呀，想不到妳還挺習慣的嘛。」

妖精弓手驚訝地這麼說，櫃檯小姐就「嘻嘻嘻」地露出莫測高深的笑容。

「因為老家教養很嚴。況且當公務人員，也會遇到這類場合。」

「哼～？」妖精弓手發出這麼一聲，接著牽起櫃檯小姐與牧牛妹的手。

「算了，沒關係。來，大家一起到前面去吧！」

說著就這麼用力拉著她們一路向前，走向主座。

三人被她拖走，趕緊端正姿勢，快步跟上。

「吶，有什麼要開始了嗎？」

「和那些男人沒太大關係……不對，大概有關。都好啦，反正看了妳們就會知道。」

聽她這麼一說，牧牛妹向四周瞥去，發現森人的女子也同樣在往前擠。

當然她看不出森人的年齡，但外表都和妖精弓手差不了多少。

「哦——」櫃檯小姐心領神會地點頭。「是新娘送的禮物，對嗎？」

「啊，那我就知道。」

女神官一邊整理好被拉扯而弄亂的衣服，一邊說著。

「記得是說，拿到的人就結得了婚……之類的。畢竟我幫忙準備過婚禮。」

「到哪都有差不多的習俗呢。」

妖精弓手一副很懂似的表情這麼一說，擺動長耳朵。

「難得有機會拿到，不去搶就太吃虧了吧？」

「這樣啊……」

——結婚嗎？

總覺得離自己很遙遠，又好像不太遠。

牧牛妹瞇起眼睛，看向主座上顯得十分幸福的新娘。

看看四周其他森人女子們眼神發亮、迫不及待的模樣。

最後再看看杵在遠處的牆邊，穿著突兀盔甲的他。

她知道自己的臉頰自然而然地笑開，莫名覺得怦然心動。

和身旁的櫃檯小姐對看一眼，發現她也有著一樣的表情。

牧牛妹輕輕聳肩。

凡事都得公平才行。

身邊的女神官雖然有興趣，但就是踏不出那一步，於是她朝她背上推了一把。

她向前跨了一步，感到不可思議地回頭看過來，牧牛妹就輕輕揮了揮手：

「這種時候，最好還是別客氣。」

「啊，好、好的！」

沒多久，戴花冠的森林公主──不，此刻已經成為森林皇后的這名女性，緩緩站起。

「愛是命運，命運即死。」

她如歌唱般吟詠詩句，由丈夫牽著手，悄然取下了妝點自己頭髮的花冠。

然後緊緊抱在豐滿的胸前親吻。

「那麼下一段的戀與愛，就獻給註定將死去的少女們！」

在祈禱中擲出的花冠，乘著夜風高高飛起。

據說將締結戀與愛的這頂花冠，是幸福的新娘所送的禮物。

花冠畫出漂亮的軌跡飛向女子們，隨後──

哇的一聲歡呼響起。

§

繼續享受了三天三夜的盛宴後，冒險者們回到邊境鎮上。

回訪至今已經過了好一陣子，妖精弓手仍未收到姊姊的信。

所以那場宴會，想必到今天都還沒落幕——……

後記

大家好，我是蝸牛くも！

哥布林殺手第七集，是一段哥布林出沒在森人之村所以要去剿滅哥布林的故事。

但這是第七集耶，第七集。威脅、大戰、復仇、希望、反擊、歸來再覺醒啊。

總覺得好像一群小精靈在森林樹蔭下忙了一陣子就結束，所以放在第六集可能也不錯。

我自認已經竭盡全力在寫，如果能讓各位讀者看得高興，就太令人欣慰了。

最近都在搞地下城和龍、天使大戰、影中奔跑，還有當一當弓箭很高竿人。

我在在認為，ＴＲＰＧ真是好東西。

然後哥布林殺手確定要出ＴＰＲＧ了。太棒啦。

不管這輩子今後發生什麼事，相信我都可以抬頭挺胸地說：「我的作品出了TRPG。」

敬告各位尋求TRPG的年輕人，我真的很希望能當個露出鯊魚般笑容推出規則書的老人。

哥布林殺手這款作品裡，就是塞滿了各式各樣我喜歡的東西。

我寫這本書，就是為了這世上總會有個一位的，和我喜歡同樣東西的知音。

結果這樣的人不是只有一位，而是有很多，就讓我覺得自己真的很幸福。

多虧各位讀者的支持與愛護，本作已經確定要推出動畫版。天啊！

漫畫版、廣播劇CD、外傳、外傳漫畫版、TRPG，再一套漫畫版。

還有動畫。真的是讓我愈想愈覺得，自己也差不多該在床上醒來了。

我想這部動畫應該會描寫哥布林殺手殺哥布林的故事。很厲害的！大概！

值得感恩的是，我受到了很多人的照顧，多得謝詞都寫不完。

神奈月老師。這次也感謝您提供美妙的插畫！

黑瀨老師，帥氣的漫畫版，讓我每個月都看得開開心心，大聲歡呼。

各位讀者，還有來自網路的各位，每次都非常感謝各位的支持與愛護。

統整網站管理員，每次都承蒙您照顧了，真的很謝謝您。

各位陪我玩遊戲的夥伴、創作相關的朋友，每次都很謝謝你們……

編輯部的各位，還有其他相關人士，真的非常感謝各位！

託各位的福，下次要推出的第八集，預計將會描寫前往王國都城的故事。

我想應該會是一段有哥布林出沒在最深邃的迷宮所以要去剿滅哥布林的故事。

今後我也將竭盡心力寫作，還請大家繼續給予支持與愛護。

國家圖書館出版品預行編目資料

GOBLIN SLAYER!哥布林殺手7 /
蝸牛くも作 ;邱鍾仁譯. -- 初版. --
臺北市 : 尖端, 2019.01- 冊 ; 公分
譯自 : ゴブリンスレイヤー7

ISBN 978-957-10-8438-1(第7冊 : 平裝)

861.57 107016804

浮文字
GOBLIN SLAYER 哥布林殺手 7
(原名：ゴブリンスレイヤー #7)

著者／蝸牛くも
封面插畫／神奈月昇
譯者／邱鍾仁
發行人／黃鎮隆
副總經理／陳君平
企劃宣傳／邱小祐、劉宜蓉
總編輯／洪琇菁
國際版權／黃令歡、李子琪
執行編輯／曾鈺淳
美術編輯／陳又荻
內文校潤／梁瓏
內文排版／謝青秀

出版／城邦文化事業股份有限公司 尖端出版
台北市中山區民生東路二段一四一號十樓
電話：(〇二)二五〇〇—七六〇〇
傳真：(〇二)二五〇〇—二六八三
E-mail：7novels@mail2.spp.com.tw

發行／英屬蓋曼群島商家庭傳媒股份有限公司城邦分公司 尖端出版
台北市中山區民生東路二段一四一號十樓
電話：(〇二)二五〇〇—七六〇〇(代表號)
傳真：(〇二)二五〇〇—一九七九

北區經銷／祥友圖書有限公司
電話：(〇五)八五一一—三八五一
傳真：(〇二)八五一一—四二五五

中彰投以北經銷／楨彥有限公司(含宜花東)
電話：(〇二)八九一九—三三六九
傳真：(〇二)八九一四—五五二四

雲嘉經銷／智豐圖書有限公司 嘉義公司
電話：(〇五)二三三—三八五二
傳真：(〇五)二三三—三八六三
客服專線：〇八〇〇—〇二八—〇二八

南部經銷／智豐圖書有限公司 高雄公司
電話：(〇七)三七三—〇〇七九
傳真：(〇七)三七三—〇〇八七

一代匯集／香港九龍旺角塘尾道六十四號龍駒企業大廈十樓B&D室
電話：(八五二)二七八三—八一〇二
傳真：(八五二)二五八二—一五二九
E-mail：hkcite@biznetvigator.com

新馬經銷／城邦(馬新)出版集團Cite(M)Sdn. Bhd.
E-mail：cite@cite.com.my

法律顧問／王子文律師 元禾法律事務所
台北市羅斯福路三段三十七號十五樓

二〇一九年一月一版一刷

■中文版■

郵購注意事項：
1.填妥劃撥單資料：帳號：50003021戶名：英屬蓋曼群島商家庭傳媒(股)公司城邦分公司。2.通信欄內註明訂購書名與冊數。3.劃撥金額低於500元，請加附掛號郵資50元。如劃撥日起 10～14日，仍未收到書時，請洽劃撥組。劃撥專線TEL：(03)312-4212 ・ FAX：(03)322-4621。E-mail：marketing@spp.com.tw